怎樣學習古文

周振甫 著

商務印書館

本書中文繁體字版由中華書局（北京）授權出版

怎樣學習古文

作　　者：周振甫

責任編輯：吳一帆

封面設計：涂　慧

出　　版：商務印書館（香港）有限公司
　　　　　香港筲箕灣耀興道 3 號東滙廣場 8 樓
　　　　　http://www.commercialpress.com.hk

發　　行：香港聯合書刊物流有限公司
　　　　　香港新界大埔汀麗路 36 號中華商務印刷大廈 3 字樓

印　　刷：盈豐國際印刷有限公司
　　　　　香港柴灣康民街 2 號康民工業中心 14 樓

版　　次：2019 年 7 月第 1 版第 1 次印刷
　　　　　© 2019 商務印書館（香港）有限公司
　　　　　ISBN 978 962 07 4588 1
　　　　　Printed in Hong Kong

目
錄

i

iii

前言

◇　　◇　　◇　　◇

　　《文史知識》的編者説："近來收到讀者來信，問到怎樣學習古文，要就這個題目，寫一組文章來談談。"對這個題目，有兩種談法：一是對初學古文的人談，他們對唐宋以來的古文讀起來有困難，即就讀一般的古文來談。針對《文史知識》的讀者來信要求，正適於就讀一般的古文來談。一是就已經會讀唐宋以來的古文，專就讀先秦古文來談，這就牽涉到訓詁、校勘、通假、音韻等專門學問。這裏僅就前一方面來談談，不牽涉到專門學問。就前一方面談，古人也有不少談到過的，古人談到學習古文時，往往結合寫作來談，就寫作方法説，古今文是相通的，所以在這裏不妨連帶談及。

　　在談到怎樣學習古文前，先引《光明日報》1987 年 8 月 18 日《北京召開漢語漢字討論會》中的一段話：

討論會認為，漢字是一種先進的意音文字，它把形音義集中在一個方塊裏，表意性強，可以區別同音詞。漢字字形短，信息儲藏量大，便於快速閱讀。記錄同一內容，漢字比拼音文字所用篇幅短，這在信息日益增多的時代極為重要。與會一些代表指出，漢字的字形不直接表音，形聲字的聲旁用直音而不用拼音，這就使漢字具有了通四方通古今的優點，不同方言區的人，都可以通過漢字書寫的語言交流思想，兩千年前的古籍今人仍可讀懂。因此，漢語是世上最優秀的語言之一。

這裏指出"漢字字形短，信息儲藏量大，便於快速閱讀"；又指出漢字具有"通古今的優點"，"兩千年前的古籍今人仍可讀懂"。這兩點都跟怎樣閱讀古文有關。就"信息儲藏量大"說，在古文中更顯得突出。古文中的一個單音詞，由於它含有各種不同的意義，在白話裏可以演化為好幾個雙音詞，說明古文中的單音詞，它的含義更為豐富。這裏指出漢字具有"通古今的優點"，這又牽涉到漢字的古今義的差別。不了解古文中單音詞含義的豐富，不了解古文中單音詞有古今義的差別，就無法閱讀古文。

比方"一"字，就古今義說，作為數詞的"一"，古今義是相同的。作為純粹義，如《書·大禹謨》："惟精惟一，允執厥中。"作為"純粹"義的"一"，是古義；按今義，成了雙音詞"純一"。作為概括義，如《荀子·勸學》："君子之學也，入乎耳，著乎心……一可以為法則。"作為"概括"義的"一"，是古義；按今義，成了雙音詞"一概"。作為同樣義，如《孟子·離婁下》："其揆一也。"這是古義；按今義，成了雙音詞"同一"。作為統率義，如杜牧《阿房宮賦》：“六王畢，四海一。”這是古義，按今義，成了雙音詞“統一”。作為專精義，如《禮·禮運》：“欲一以窮之。”這是古義；按今義，成為雙音詞“專一”。作為一朝義，如《左傳》成公二年：“蔡許之君，一失其位，不得列於諸侯。”這是古義，按今義，成為雙音詞“一朝”。作為初次義，如《左傳·莊公十年》：“一鼓作氣，再而衰，三而竭。”這是古義，按今義，成為三音詞“第一次”。作為或者義，如《孫子·謀攻》：“不知彼而知己，一勝一負。”這是古義，按今義，成為雙音詞“或者”。作為究竟義，如《戰國策·齊策一》：“靖郭君之於寡人，一至此乎！”這是古義，按今義，成為雙音詞“一竟”。

這樣看來，古文中的字，信息儲藏量更大，含義更為豐富，一個單音詞有可能包括好多個白話中的雙音詞。這裏又有古義和今義的差別。因此，讀古文時，倘不熟悉古文中的一個單音詞含有好多個白話中的雙音詞的意義，根據上下文，要從好多個白話中的雙音詞中選擇合適的一個來解釋，不懂得這種選擇，不懂得古義和今義的差別，就讀不懂古文。這裏講到《立體的懂》，就古文中的一個詞，在不同的上下文中可能有不同的具體解釋，怎樣掌握這種不同的具體解釋，這是立體的懂所要解決的問題。古文中的一個詞，有的是術語，要掌握它的意義，牽涉到理論方面，如孔子講的“仁”字。怎樣掌握這個詞的理論意義，不作片面的理解，這也是立體的懂所要解決的問題。

講到立體的懂，就離不開熟讀背誦。目前大學校內同學學的功課多，沒有時間來熟讀背誦古文，怎麼辦？再說，要死記硬背是苦事。怎麼解決熟讀背誦問題，怎麼變死記硬背的苦事為“因聲求氣"的有興味的事，這是"因聲求氣"所要討論的。通過"因聲求氣"，來理解作品中的思想情感，進入作品，這就接觸到古人怎樣探索古文的藝術性，這就接觸到對古文的鑒賞問題，劉勰在《文心雕龍‧知音》裏提出"六觀"。結合當前的讀者，來談談今天怎樣鑒賞古文的"六觀"。再結合鑒賞，試就古文中命意、謀篇、用辭等方面可資比較的作多方面的探討，再進而對一家古文的風格作些探討，再歸結到作家在研究古文中的融會貫通。經過這樣的探索，想通過"因聲求氣"，達到能閱讀一般古文的目的，進一步作些研究，來探索古文的藝術性，來作對一家古文的研究。以上是針對讀者的要求的設想，一定會有不恰當和不正確處，希望得到專家和讀者的指教。

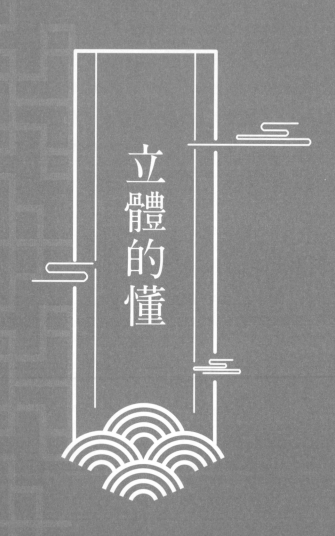

立體的懂

◇　◇　◇　◇

　　怎樣學習古文？我們翻開《唐才子傳》，在《王勃》傳裏，說：
"六歲善辭章。"他六歲已經會寫詩文了。當時的詩，就是古詩、
律詩、絕詩，當時的文，即古文、駢文。六歲怎麼就會寫這樣的
詩文呢？再看《駱賓王》傳，稱"七歲能賦詩"；《李百藥》傳，稱
"七歲能文"；《劉慎虛》傳，"八歲屬文上書"。類似的記載還有
不少。換言之，在唐朝，七八歲的孩子不僅會讀懂古文、駢文、
舊體詩，還會寫古文、駢文和舊體詩。是不是當時的人特別聰明
呢？不是的。我們再看近代人，如康有為"七歲能屬文"，梁啟超
"六歲畢業《五經》，八歲學為文，九歲能日綴千言"（見錢基博《現
代中國文學史》）。可見古今人的聰明是相似的。那麼，不論是唐
代人或近代人，他們從小就能讀懂古文，不僅會讀，還會寫古文
和舊體詩。為甚麼現在人讀懂古文會成問題呢？這當跟讀法有關。

王子安

子安往省父時次馬當去南昌七百里夢水神告曰助風一帆達旦逐抵南昌正遇重陽洪州都督閻伯嶼大宴滕王閣命胥吳子章預構序以誇客回出紙筆徧請諸客莫敢當子安在席上最少受之不辭閻悉起更衣遣吏伺具文落筆報報與孤鶩齊飛然日天才也遂請成文并賦七言古詩極歡而顧其屬文無滯思先輩墨數升酣飲引被覆面寢而起援筆成篇不易一字時人稱為腹藁

王勃像

　　我曾經聽開明書店的創辦人章錫琛先生講他小時的讀書。開始讀《四書》時，小孩子根本不懂，所以老師是不講的。每天上一課，只教孩子讀，讀會了就要讀熟背出。第二天再上一課，再教會孩子讀，讀熟背出。到了節日，如陰曆五月初五的端陽節，七月初七的乞巧節，九月初九的重陽節，年終的大節，都不教書了，要溫書，要背書。如在端陽節要把以前讀的書全部溫習一下，再全部背出。到年終，要溫習一年讀的書，全部背出。到第二年年終，除了要背出第二年所讀的書外，還要背帶書，即把第一年讀的書也要連帶背出。因此，像梁啟超的"六歲畢業《五經》”，即六歲時已把《五經》全部背出了；所以他“九歲能日綴千言”。因此，《唐才子傳》裏講的“六歲善辭章”，“七歲能賦詩”，按照“熟讀唐詩三百首，不會吟詩也會吟”的説法，他們在六歲七歲時，熟讀的詩和唐詩一定遠遠超過三百首，那他們的會吟詩也就不奇怪了。

　　我向政協委員張元善老先生請教，問他小時怎樣讀書的。他講的跟章錫琛先生講的差不多，他説開始讀時，對讀的書完全不懂。讀了若干年，一旦豁然貫通，不懂的全懂了，而且是“立體的懂”，它的關鍵就在於熟讀背出，把所讀的書全部裝在腦子裏。假如不是熟讀背出，把所讀的書全部裝在腦子裏，讀了一課書，記住了多少生字，記住了多少句子，這只是“點線的懂”。記住的生字是點，記住的句子是線。點線的懂是不夠的。因為一個字的解釋在不同的句子中往往因上下文的關係而有變化，一個字在不同的結構裏會具有不同的用法，記住了一個字的一個解釋和一種用法，碰到了這個字的解釋和用法有變化時就不好懂了。讀一課書，記住了這課書中的生字，記住了這課書中的句子，這叫平面的懂。平面的懂只懂得這課書中的字的意義和用法；同樣的字，在別課書中，它的意義和用法假如有了變化，就看不懂了。因此，平面的懂還不夠，不夠解決一個字的解釋和用法的多種變化。把一部書全部讀熟就不同了，開始讀時不懂，讀多了漸漸懂了。比方讀《論語》，開始碰到“仁”字不懂，“仁”字在《論語》中出現了 104 次，當讀到十幾次的“仁”字時，對“仁”字的意義漸漸懂了，當讀到幾十次、上百次的“仁”字時，對“仁”的意義懂得更多了。因為熟讀背誦，對書中有“仁”字的句子全部記住，對有"仁"字的句子的上下文也全部記住，對於"仁"因上下文的關係而解釋有變化也罷，對有"仁"字的詞組因結構不同而用法有變化也罷，全都懂了，這才叫"立體的懂"。

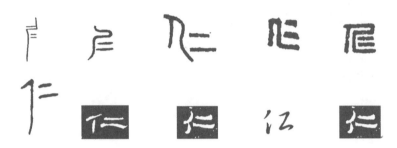

"仁"字的幾種字形

一　詞的具體解釋

這個"立體的懂"有三方面，一方面是詞的具體解釋；一方面是一個詞作為術語時，了解術語的理論意義；一方面是要讀懂文章的用意。就詞的具體解釋說，如《論語》中的"仁"字，在《學而》篇裏："孝弟也者，其為仁之本與！"這個"仁"字是指一種很高的道德標準，即仁德，認為孝弟是仁德的根本。在同一篇裏，説："泛愛眾，而親仁。"這個"仁"不指仁德，是指具有仁德的人，"仁"的解釋稍有變化了。在《里仁》篇，説："里仁為美，擇不處仁，焉得知？""里"指居住，這兩個"仁"指有仁德的地方，相當於好的環境，"仁"的解釋又有些變了。在《子路》篇裏，説："如有王者，必世而後仁。"假使有王者興起，一定要經過三十年才能推行仁政。這個"仁"字指推行仁政，解釋又有些變了。這個"仁"解釋成推行仁政，成了動詞，用法也變了。在這些句子裏，"仁"字作為仁德的意義沒有變，只是由於上下文的不同，由於用法的不同，在具體解釋上有了變化。不懂得這種具體解釋上的變化，光懂得"仁"指仁德，碰到具體解釋上有變化的句子就看不懂了。要是把以上舉的句子都讀熟了，懂得了這些具體解釋上的變化，這就是對"仁"字在解釋上的"立體的懂"。

從前人讀《論語》，就要把《論語》全書讀熟背出，把《論語》全書讀熟背出了，才會懂得"仁"字在不同上下文中具體解釋的變化。用"仁"字作例，把《論語》全書讀熟背出了，《論語》中別的不少的字，它們在不同上下文中的具體解釋的變化和用法，也都懂了。有了這個基礎，再去讀別的古文，比方讀唐宋以來的古文，不論唐宋以來的古文中的字，它們在不同上下文中的具體解釋有多少變化，它們的用法有多少變化，都可以理解了，這就是立體的懂在讀懂古文上的好處。從前人讀書，為甚麼六七歲七八歲的孩子，就會讀懂古文，不僅讀懂，還會寫古文，就因為他們小時，比方把《論語》全部讀熟背出，對《論語》中的字有個立體的懂，所以他們在六七歲或七八歲時就會讀懂古文了。再說，到了辛亥革命以後，廢科舉，興學校，學校裏不讀《論語》，改讀教科書了，那時從學校裏畢業出來的學生，他們會讀古文，又是怎樣來的呢？原來當時的學校裏，也教文言文，一到中學，就教傳誦的古文，不但教古文，也要熟讀背誦。當時的中學畢業生，讀四年中學，在四年中讀了不少篇的古文，讀熟背出了不少篇的古文，有了這個基礎，他們對讀熟背出的不少篇古文中的字，也就有了立體的懂。在這個基礎上，就能讀懂唐宋以來的古文了；即使有些字不認識，查一下字典也就懂了。因此要會讀古文，不一定像私塾中的教法，一定要把“四書”、“五經”都熟讀背出才行，像辛亥革命後的學校裏，教學生熟讀背出多少篇古文也行。

學會讀古文跟學會讀外文相似。我向語言學大師呂叔湘先生請教，他小時候怎樣學外文的。呂先生說，他小時讀外文，老師要背，不是整課書背；老師挑出其中精彩的段落來要學生背，精彩的段落不長，可以背出。這次背出一段，下次再背出另一段，積少成多，就背出不少段落了。這是呂先生他們所以對英文有立體的懂的原因。《朱子語類》卷十一：“人讀史書，節目處須要背得，始得。如讀《漢書》，高祖辭沛公處，義帝遣沛公入關處，韓信初說漢王處，與史贊《過秦論》之類，皆用背得，方是。若只是略綽看過，心下似有似無，濟得甚事！”朱熹講讀史書，挑重要節目處來讀，跟呂先生的講法相似。呂先生講就一篇中挑精彩的段落來背，更為靈活可行。不論讀古文或白話文，這方法都可行。呂先生小時學英語的方法，可以參考來使我們達到對古文或外語的立體的懂。

再說張元善先生結合熟讀背誦來講“立體的懂”，還有一個意思，即培養語感。學習古文也是學習語言。

《漢書》書影

《孟子・滕文公下》:"'有楚大夫於此,欲其子之齊語也,則使齊人傅諸,使楚人傅諸?'曰:'使齊人傅諸。'曰:'一齊人傅之,眾楚人咻(喧嚷)之,雖日撻而求其齊也,不可得矣。引而置之莊嶽(齊街里名)之間數年,雖日撻而求其楚,亦不可得矣。'"把方言區的孩子送到北京來唸書,不用教他北方話,過幾年,他的北方話就講得好了,從發音到用詞都北方話化了。他回到家裏,聽到家裏的大人講話不合北方話的標準,還會起來糾正,他已有了北方話的語感了。學習古文也這樣,熟讀背誦了多少篇古文,培養了對古文的語感,對於古文的用詞造句,尤其是虛詞的運用都熟悉了,也就會理解了。再像讀舊體詩,按照舊體詩的平仄格律來讀,讀熟了,再讀人家寫的舊體詩,一讀下去,不合律的字句立刻就顯出來了。好比懂北方話的孩子,聽人家說不合北方話的字音和詞彙,一聽就可以指出來一樣。對古文有了這樣的語感,讀起古文來就容易理解了。

在這裏,"立體的懂"又牽涉到讀的問題。讀近體詩一定得按照近體詩的平仄格律來讀,按照近體詩的節拍來讀。近體詩的節拍分平仄,稱平音步和仄音步,如"仄仄 平平 仄",是三個節拍,兩個仄音步,一個平音步。讀時,仄音步的延長時短,平音步的延長時長,大概是二與一之比。這樣,讀人家寫的詩,凡是不合平仄格律的,一讀就顯出來了。不按照平仄格律讀,那麼讀人家的詩,即使有不合平仄格律的,讀起來還恐不易分別。讀古文也有講究。《現代中國文學史》的《陳衍》篇,講他五歲讀《四書》:"一日,讀《孟子》不仁者可與言哉條,一日,讀《小弁小人之詩也》章,喜其音節蒼涼,抗聲往復。父自外歸,聞之色喜曰:

'此兒於書理，殆有神會。'"説明小孩子讀書時，到了讀熟時也會有體會，從體會中會讀出音節的疾徐抑揚來。這樣熟讀了，更有助於立體的懂。

對於立體的懂也不專靠聰明。錢穆《中國近三百年學術史・章實齋》篇，稱他："幼多病，十四歲，《四子書》尚未卒業。十五六時，讀書絕呆滯，日不過三二百言，猶不能久識。為文，虛字多不當理。廿一二歲以後，駸駸向長，縱覽羣書，尤好史部。"章學誠因從小多病，書讀得少，記性也不行。正因為書讀得少，記得少，所以到十五六歲時虛字還用不好。不過，到二十一二歲後，讀了很多書，才通了。他的通，還是從讀很多書來的。《現代中國文學史・王闓運》篇，稱："顧天性愚魯，幼讀書，日誦不及百言，又不能盡解。同塾者皆嗤之。師曰：'學而嗤於人，是可羞也。嗤於人而不奮，無寧已。'闓運聞而泣，退益刻勵，所習者，不成誦不食；夕所誦者，不得解不寢。年十五，始明訓故。"那他是靠刻苦用功來讀通古書的。不論靠多讀或刻苦用功，都可到達"立體的懂"。

立體的懂還可用電子計算機來作説明，把兩種不同的語文的詞彙和語法等用軟件放到電子計算機裏，可以使它做兩種語文的翻譯工作。那麼把幾種古籍或多少篇古文熟讀記在腦子裏，或看了很多書，構成立體的懂，幫助閱讀古文，應該是可信的。

問題是現在的學生要學許多門功課，參加工作的人工作很忙，都沒有時間來熟讀很多書，怎麼辦？現在我們不要求像從前人那樣讀很多古書，只要求能讀懂一般的古文。解放前的舊制中學只有四年，四年中學畢業時，對一般古文也可以讀懂。因為在舊制中小學內，對教的一些古文和古詩詞是要背的，背了多少篇古文和詩詞，有了這點基礎，他們就可以閱讀一般的古文了。因此不要求像古人那樣要熟讀很多的古書，只要仿照舊制中學那樣，規定在中學六年裏要背出多少篇古文和詩詞作基礎，或者要求熟讀古文中精彩的段落，積累起來熟讀背誦多少段精彩古文，就都可以達到能閱讀一般古文的目的了。

對於熟讀背誦，也有不同意這種學習法的。1987 年 12 月 11 日《人民日報》刊載李固陽同志《記憶、理解與常識》談到了這個問題，李同志是贊同熟讀背誦的，他說：

看了九月二十二日《大地》發表的雜文《常識與談資》，我有點不同看法，想借一角之地來談談。談到記憶與理解的關係，一般都認為應該是在理解的基礎上記憶。這當然是不錯的。因為這樣才能記得更牢，也就是《實踐論》說的："理解了的東西才更深刻地感覺到它。"

不過，理解的基礎卻是記憶；甚麼都不記得也就談不到理解。記憶的基礎（或說是最基本的形式）又是機械記憶，也就是"死記硬背"。我們學外語不也得首先背單詞嗎？記得多了，才有比較，也才談得到理解。魯迅在《門外文談》中就以小孩子學話為例，說明了這個道理。

至於記憶力，一般人都差不多。但也的確有記憶力驚人，類似"過目不忘"的人。例如大家熟知的已故陳寅恪教授，有人說"他對《十三經》大部分能背誦"（見俞大維《懷念陳寅恪先生》）。但有的人卻不信，認為這不過是傳說。我卻是"寧可信其有"。因為，類似背誦《十三經》的人還聽説過一些。陳寅恪教授抗戰末期在成都燕京大學講學時，我在那裏學習。他那時已患目疾，講課時閉目講授，不看講義，而旁徵博引，令人吃驚。他還精通十幾種語言，特別是梵文、巴利文等古代語言，都是首先要"死記硬背"的。

　　……

　　這篇短文主要不是為了説明某個人能不能背《十三經》，而是想為"死記硬背"多少爭一點兒地位。現在常聽説學生的語文、外語程度提不高，我總覺得要學習就必須背記一些東西，而且記得多了，才能觸類旁通。不一味地搞死記硬背是對的；但不能走到另一個極端：不記也不背。

　　這裏提到"在理解的基礎上記憶"，"這樣才能記得更牢"。照這樣説，我們讀一篇古文，只要對這篇古文的內容理解了，只要記住這篇古文的內容也就夠了，不必費力去熟讀背出了。這裏還引了《實踐論》説的："理解了的東西才更深刻地感覺到它。"《實踐論》的話應該怎樣去理解它呢？《實踐論》説：

　　……理論的認識所以和感性的認識不同，是因為感性的認識是屬於事物之片面的、現象的、外部聯繫的東西，論理的認識則推進了一大步，到達了事物的全體的、本質的、內部聯繫的東西，到達了暴露周圍世界的內在的矛盾，因而能在周圍世界的總體上，在周圍世界一切方面的內部聯繫上去把握周圍世界的發展。（《毛澤東選集》）

張元善先生提出"點線的懂、平面的懂、立體的懂",正符合《實踐論》的說法,"點線的懂、平面的懂",即"是屬於事物的片面的"懂,"立體的懂"才屬於"事物的全體的懂"。要達到"全體的懂",讀一篇古文,光記住這篇古文的內容,不熟讀背誦,對於這篇古文中的字的意義的了解還是不夠的。對於這篇古文中的字的意義,在別的古文中由於上下文的不同而具體解釋有變化,更無法掌握。這樣,還是讀不懂別的古文的,還是對古文中的字不能有全面的懂,還達不到立體的懂,照《實踐論》的說法,對古文中的字,要有全面的懂,還是非熟讀背誦不可。

二　術語的理論意義

　　照《實踐論》的說法,還要講"理論的認識",還要到達"事物的全體的、本質的、內部聯繫的東西"。從"仁"字看,"仁"字在《論語》裏作為孔子學說中的一個術語,還具有理論意義,還有在理論意義上的立體的懂,如《顏淵》篇說:"克己復禮為仁。""四人幫"把這話說成為復辟奴隸制,復辟奴隸制怎麼要奴隸主"克己"呢?這個"克己"是要封建統治者(假定那時是封建社會)克制自己,使言行都合於禮是仁。原來封建統治者掌握權力,為了自己或家族的私利,要破壞禮制。孔子用仁來限制他們,要他們的言行都合於禮,是要他們克己,不是縱容他們破壞禮制,當然更反對他們違法亂紀了。孔子講仁,又是跟義結合的。《憲問》篇說:"仁者必有勇。"《為政》篇說:"見義不為,無勇也。"這就把義和仁結合起來了。他講的"仁",是正義的,所以在《衛靈公》篇說:"志士仁人,無求生以害仁,有殺身以成仁。"志士仁人為了維護正義，甘心犧牲性命。

　　不僅這樣，要懂得"克己復禮為仁"，就要懂得"復禮"，要懂得"復禮"，就要懂得"禮"。《學而》篇說："有子曰：'禮之用，和為貴。'"甚麼叫"和"？《子路》篇："子曰：'君子和而不同，小人同而不和。'"楊伯峻先生《論語譯注》註釋道：

　　"和"與"同"是春秋時代的兩個常用術語，《左傳》昭公二十年所載晏子對齊景公批評梁丘據的話，和《國語·鄭語》所載史伯的話都解說得非常詳細，"和"如五味的調和，八音的和諧，一定要有水、火、醬、醋各種不同的材料才能調和滋味，一定要有高下、長短、疾徐各種不同的聲調才能使樂曲和諧。晏子說："君臣亦然。君所謂可，而有否焉，臣獻其否，以成其可；君所謂否，而有可焉，臣獻其可，以去其否。"因此史伯也說，"以他平他謂之和"。"同"就不如此，用晏子

14

孔子像

《論語》書影

的話說："君所謂可，據亦曰可；君所謂否，據亦曰否；若以水濟水，誰能食之？若琴瑟之專一，誰能聽之？'同'之不可也如是。"我又認為這個"和"字與"禮之用，和為貴"的"和"有相通之處。因此譯文也出現了"恰到好處"的字眼。

楊先生把"君子和而不同"，譯成"君子用自己的正確意見來糾正別人的錯誤意見，使一切都做到恰到好處，都不肯盲從附和"。

那麼孔子講的"克己復禮為仁"，就"復禮"說，還要講"和"。這個"和"，對當時的君主說，即"君所謂可，而有否焉，臣獻其否，以成其可；君所謂否，而有可焉，臣獻其可，以去其否"。即"君主所肯定的，其中有應該否定的，臣子就獻上應該否定的，使君主肯定得正確。君主所否定的，其中有應該肯定的，臣子獻上肯定的，來去掉君主所否定的"。目的是使事情做到恰到好處。這樣，不論君主肯定的也好，否定的也好，臣子倘認為肯定或否定得不夠正確，都要對君主提意見。所以《憲問》篇：“子路問事君，子曰：‘勿欺也而犯之。’”“勿欺”即對君主要説真話，即“君子和而不同”，“同”是“盲從附和”，即説假話。“犯之”，即犯顏諫諍，向君主提意見，即君主的話不論肯定或否定，只要有不恰當的，都要向他提意見。要是君主反對臣下向他提意見，那怎麼辦呢？

《子路》篇引孔子説：“人之言曰：‘予無樂乎為君，惟其言而莫予違也。’如其善而莫之違也，不亦善乎！如不善而莫之違也，不幾乎一言而喪邦乎！”孔子在這裏提出警告，要是君主的話不正確又不准別人違抗他，不近乎要亡國嗎！用亡國來警告君主，不要堅持自己錯誤的話。

這樣，孔子講的“克己復禮為仁”，還要“君子和而不同”，敢於對君主的不正確的意見提出批評，宣揚一種民主精神。

還有，《論語·憲問》篇：

> 子貢曰：“管仲非仁者與？桓公殺公子糾，不能死，又相之。”子曰：“管仲相桓公，霸諸侯，一匡天下，民到於今受其賜。微管仲，吾其被髮左衽矣。豈若匹夫匹婦之為諒也，自經於溝瀆而莫之知也。”

孔子的學生子貢，認為管仲輔佐公子糾，是公子糾的臣子。齊桓公逼迫魯國殺了公子糾，管仲不為公子糾報仇，反而去輔助齊桓公，這是不忠，不忠當然不仁。子貢從仁德高於忠德來看，所以認為管仲不仁。孔子不這樣看，認為管仲輔佐桓公，聯合諸侯，建立霸業，使天下得到匡正，人民到今天還受到他的好處。假使沒有管仲，我們都會披散着頭髮，衣襟向左邊開，淪為夷狄了。他難道像普通人一樣守着小忠小信，在山溝中自殺，還沒有人知道的嗎？孔子認為管仲倘為了公子糾而自殺，對人民沒有好處，是小忠小信。管仲不死，輔佐桓公，建立霸業，能夠抵抗少數民族奴役漢族，使人民得到好處，這是對人民、對民族建立了大功，這種大功就值得稱為仁德，說"如其仁，如其仁"，重重地讚美管仲的仁德。他認為這種大功，勝過為公子糾而自殺的小忠小信。這是他把人民和民族的利益看得高於為君主的小忠小信，在看重對君主的忠信的時代，這種看法是辯證的。再說，孔子講"克己復禮為仁"，要視聽言動都合於禮才能稱仁。《八佾》篇有人問："'然則管仲知禮乎？'曰：'邦君樹塞門（立照壁），管氏亦樹塞門。邦君為兩君之好，有反坫（有放器物的土台），管氏亦有反坫。管氏而知禮，孰不知禮。'"管仲既然不能復禮，本不應稱仁。但因他對人民、對民族建了大功，還是稱他為仁。這種看法也是辯證的。

　　《論語》裏講到仁的地方還有很多，以上所舉是比較著名的。即就以上所舉幾點看，孔子講仁，是一種很高的道德標準，它是與"義"結合的，是正義的；它是與"和"結合的，是民主的；它是從人民和民族的利益來考慮的，是有辯證觀點的。這說明就"仁"字的理論意義看，立體的懂，是看得比較全面，比較確切的。這是立體的懂的好處。

　　這樣的立體的懂，是不是符合《實踐論》講的"到達了事物的全體的、本質的、內部聯繫的東西"。《實踐論》又提到"到達了暴露周圍世界的內在的矛盾"，這就接觸到孔子講的仁，"無求生以害仁，有殺身以成仁"了。像文天祥在犧牲前，他的衣帶中有贊："孔曰成仁，孟曰取義，惟其義盡，所以仁至。讀聖賢書，所學何事？而今而後，庶幾無愧。"（《宋史》卷四一八《文天祥傳》）文天祥是真正懂得仁的理論意義的，認為仁是和義結合的，所以"義盡"才能"仁至"；認識到仁是為人民和民族的利益來考慮，他為了反對蒙古軍對漢族人民的屠殺和壓迫，甘於犧牲。通過他的犧牲，來"暴露周圍世界的內在的矛盾"，來激發漢族人民反抗民族壓迫的崇高精神。

在這裏接觸到《荀子·勸學》裏講的："君子之學也，入乎耳，著乎心，佈乎四體，形乎動靜。端（同喘，微言）而言，蝡（微動）而動，一可以為法則。小人之學也，入乎耳，出乎口，口耳之間則四寸耳，曷足以美七尺之軀哉！"《朱子語類》裏對這作了反覆闡說，如卷十一：

讀書，不可只專就紙上求理義，須反來就自家身上（以手自指）推究。秦漢以後無人說到此，亦只是一向去書冊上求，不就自家身上理會。自家見未到，聖人先說在那裏。自家只借他言語來就身上推究，始得。

今人讀書，都不就切己上體察，但於紙上看，文義上說得去便了。如此，濟得甚事！……因提案上藥囊起，曰："如合藥，便要治病，終不成合在此看。如此，於病何補！"文字浩瀚，難看，亦難記。將已曉得底體在身上，卻是自家易曉易做的事。解經已是不得已，若只就註解上說，將來何濟！

三　探索文章用意

古人寫文章，有的有針對性。比方寫信，是給對方看的，只要對方看懂就夠。因此信裏的話，對方了解情況，看了就知道他為甚麼這樣寫。後來的讀者不了解情況，只就信裏寫的話來探索作者的用意，就可能猜錯。立體的懂，要求不光懂得書中寫的話，還要懂得當時的情況，懂得他為甚麼這樣寫的用意。否則把作者的用意搞錯了，就沒有弄懂，談不上立體的懂了。

比方司馬遷的《報任少卿書》，他寫這封信的用意是甚麼，引起了後人的猜測，清朝包世臣在《覆石贛州書》裏說：

上年曾於席間，論史公《答任安書》，二千年無能通者。閣下比詰（近問）其故，世臣答以閣下博聞深思，誦之數十過，則自生疑；又百過，當自悟。閣下次日見過云："客散後，即檢本討尋，竟不能得端緒，惟覺通篇文章，與推賢薦士不相貫串耳，敢請其指歸。"世臣復答以閣下半夜之間，多則十數過，何能即悟。請再逐字逐句思之，又合全文思之，思之不已，則有得已。非敢吝也，凡以學問之道。聞而得，不如求而得之深固也。閣下旋即奉差出省，繼復攝郡赴虔，遂爾遠違，忽復更歲。昨奉手書，具問前事，委曲詳縟。大君子之慮中，真學人之果力，悉見簡內。世臣不敢不遂進其愚，以明麗澤（兩澤相連，比朋友互相切磋）互師之道矣。

竊謂推賢薦士，非少卿來書中本語。史公諱言少卿求援，故以四字約來書之意，而斥（指）少卿為天下豪俊以表其冤。中間述李陵事者，明與陵非素相善，尚力為引救，況少卿有

司馬遷像

許死之誼乎？實緣自被刑後，所為不死者，以《史記》未成之故。是史公之身，乃《史記》之身，非史公所得自私。史公可為少卿死，而《史記》必不能為少卿廢也。結以"死日是非乃定"，則史公與少卿所共者，以廣少卿而釋其私憾。是故文瀾雖壯，而滴水歸源，一線相生，字字皆有歸著也。（《藝舟雙楫·論文》）

包世臣認為司馬遷的《報任少卿（安）書》，"二千年無能通者"，包括班固著《漢書·司馬遷傳》裏引了這封信，也沒有讀懂這封信的用意，李善《文選》注裏注了這封信，也沒有讀懂這封信的用意。他要他的朋友讀數十遍，才能產生疑問；讀一百遍，才能解決疑問，懂得這封信的用意。他自以為是懂得這封信的用意的。他的朋友，把這封信讀了多遍，隔了一年，還不明白，還要來向他請教。這說明要懂得這封信的用意，光靠讀熟背出還不行。包世臣的朋友，對這封信一定讀得很熟，還是不懂得它的用意；不懂得它的用意，談不上立體的懂。這說明立體的懂，在讀熟背出外，還需要理解當時情況，即知人論世了。

先來看這封信的問題在哪裏，就《文選·報任少卿書》看，先說："少卿足下，曩（前）者辱賜書，教以慎於接物，推賢進士為務。"是任安先寫信給司馬遷，要他"接物"，"推賢進士"，即接待各方人物，選擇其中的賢才來向朝廷推薦。李善注引《漢書·司馬遷傳》："遷既被刑之後，為中書令，尊寵任職。故人益州刺史任安，乃與書，責以進賢之義，遷報之。"這裏說班固在《漢書·司馬遷傳》裏，認為司馬遷在李陵投降匈奴時，替李陵說了好話，說他要找機會來報答漢朝，因此觸怒漢武帝，受了腐刑。受刑以後，做了中書令，得到漢武帝的尊寵，所以他的朋友益州刺史任安寫信給他，要他向漢武帝推薦賢人，司馬遷因此寫了這封回信，表示他已經受過腐刑，沒有資格推薦賢才了。班固和李善都是這樣理解這封信的。包世臣認為他們倆人都沒有讀懂這封信，他的疑問在哪裏呢？

這封信裏講到："行莫醜於辱先，詬（恥）莫大於宮刑。刑餘之人，無所比數。""夫以中才之人，事有關於宦豎，莫不傷氣，而況於慷慨之士乎？如今朝廷雖乏人，奈何令刀鋸之餘，薦天下之豪俊哉？"這是說，他受了宮刑，同於宦豎，即同於太監。中才之人，以接觸太監為恥辱，更不要說天下豪俊了。所以他是無法接待人物，推薦賢才。這是回答任安要他"接物"，"推賢進士"，本很明白，問題在哪裏呢？

信裏談到他替李陵說話因而受腐刑的事。"僕與李陵，俱居門下（宮門之下，當指在朝做官），素非能相善也。……然僕觀其為人，自守奇士，……常思奮不顧身，以徇國家之急，其素所蓄積也，僕以為有國士之風。……且李陵提步卒不滿五千……與單于連戰十有餘日，所殺過當，虜救死扶傷不給，旃裘之君長咸震怖。乃悉徵其左右賢王，舉引弓之人，一國共攻而圍之，轉鬥千里，矢盡道窮，救兵不至，士卒死傷如積。然陵一呼勞軍，士無不起，躬自流涕，沫血飲泣，更張空拳，冒白刃，北向爭死敵者。……僕竊不自料其卑賤，……以為李陵素與士大夫絕甘分少，能得人死力，雖古之名將，不能過也。身雖陷敗，彼觀其意，且欲得其當而報於漢，事已無可奈何，其所摧敗，功亦足以暴於天下矣。”他因此觸犯漢武帝，受到腐刑。

下面講他受到腐刑，為甚麼還要“隱忍苟活”？因為他在著作《史記》，“草創未就，適會此禍。惜其不成，是已就極刑而無慍色。僕誠以（已）著此書，藏諸名山，傳之其人，通邑大都，則僕償前辱之責，雖萬被戮，豈有悔哉！”最後提到：“今少卿乃教以推賢進士，無乃與僕私指謬乎！”還是回到任安來信勸他“推賢進士”，跟他的想法背反。

那麼包世臣的疑問在哪裏呢？原來在信的開頭部分，又提到：“今少卿抱不測之罪，涉旬月，迫季冬。僕又薄（迫）從上上雍（從漢武帝到雍州去），恐卒（猝）然不可諱（指少卿被殺死），是僕終已不得舒憤懣以曉左右，則長逝者魂魄私恨無窮，請略陳固陋。缺然久不報，幸勿為過。”從這段看，任安犯了死罪，關在獄內，不久要被處決。他這封回信，是寫給關在獄內的任安的。從這段話看，他寫這封回信，一是回答任安來信，勸他“推賢進士"的話，二是"舒憤懣"。包世臣從中提出疑問。按照包世臣的想法，任安寫信勸他"推賢進士"，他只要回信說，他受過腐刑，成了宦豎，已經沒有資格推賢進士，就完了。為甚麼還要講他替李陵説話因而受腐刑？為甚麼還要説受腐刑時還要偷生不死，為了《史記》沒有寫好，要為《史記》而活着呢？好像這些話都不用説的。照包世臣的推想，任安給司馬遷的信，不是在做益州刺史時寫的，是在犯了死罪關在獄裏寫的。信裏寫的不是要他"推賢進士"，是要司馬遷救他。司馬遷的回信，不好説任安求救，改説任安要他"推賢進士"。好像這樣來理解，就講通了。司馬遷講他替李陵説話而受腐刑，説明自己不能出來替任安説話，不能救任安，因為替任安説話，就會被漢武帝所殺，他不能死，因為他要為著《史記》而活着，所以他接下來講他為《史記》而活着的話。班固、李善都不懂得這個意思，所以他們都沒有讀懂這封信，所以説"二千年無能通者"。

　　包世臣這個解釋對不對呢？不對。為甚麼不對呢？因為他只讀這封信，不去了解當時的情況，所以猜錯了。當時的情況怎樣呢？漢武帝征和二年（前 91），江充要害太子劉據，説太子宮內有巫蠱氣，騙取武帝的信任，便到太子宮內掘到許多木人，説這些木人是太子要用來咒死武帝的。其實這些木人就是江充帶進去的。太子既見不到武帝，無法自明，便殺了江充，發兵與丞相劉屈氂戰。當時任安做護北軍使者，太子給了任安節，要他出兵接應。任安接受了太子的節，閉門不出。太子戰敗自殺。武帝認為任安老奸巨猾，看見太子起兵，要坐觀成敗：太子勝了，他是接受太子節的，太子敗了，他是閉門不出的，他有二心，便把他關

23

在獄裏，判了死刑，準備到冬月處決。見《通鑒》漢紀十四及《史記·田叔列傳》後附褚先生的記事。包世臣認為任安是在獄裏寫信給司馬遷求救的。任安的信是在甚麼時候寫的呢？司馬遷的信裏説："書辭宜答，會東從上來，又迫賤事，相見日淺，卒卒（猝猝）無須臾閒，得竭至意。"是司馬遷接到任安的信後，應該寫回信，碰上他要跟武帝到東方去，沒有時間寫。"會東從上來"，就是指武帝在太始四年（前93）三月，東巡，封禪泰山，司馬遷跟着去。那麼任安的信，當在太始四年寫的，即公元前93年寫的。任安犯罪下獄，在征和二年，即公元前91年。那麼任安的信，寫在他下獄前二年，不是在獄裏寫的。班固説益州刺史任安寫信給司馬遷，是對的。公元前91年，任安還在做益州刺史。他寫信給司馬遷，要他"推賢進士"，因司馬遷那時尊寵任職，大概要司馬遷推薦自己入朝做官。司馬遷接信後，碰上要跟武帝東巡，去封禪泰山，沒時間寫回信。等他跟武帝東巡回來，任安被武帝調到京裏來任護北軍使者，用不到司馬遷推薦了，所以信裏説"相見日淺"。正因為任安已經調來京城，所以可以"相見"；但又因各人忙於各人的事，相見的機會不多，所以稱"日淺"了，接下來就發生巫蠱之變，任安得罪下獄，所以司馬遷才寫這封信給他。包世臣認為任安的信是在獄裏寫的是猜錯了，認為任安的信是向司馬遷求救，也猜錯了。認為任安不是要司馬遷"推賢進士"，也錯了。又認為司馬遷為《史記》活着，為了寫《史記》不能救任安，也不確。司馬遷在這封信裏説明他著作《史記》："為十表，本紀十二，書八章，世家三十，列傳七十，凡百三十篇。"又説"僕誠以（已）著此書"，那他寫這封信時，《史記》的著作似已完成，説他為著《史記》而不能救任安，似也不確。

　　那麼寫這封信的用意究竟是甚麼呢？信裏既回答了任安來信中提到的要他"推賢進士"的問題，還談到"舒憤懣以曉左右"，主要的用意似乎在"舒憤懣"。按《通鑒・漢紀》，太始二年七月壬午發生巫蠱之變，太子殺江充，戰敗逃亡。壺關三老令狐茂上書，稱江充"造飾奸詐"，"太子進不得見上，退則困於亂臣，獨冤結而無告"，"起而殺充，恐懼逋逃，子盜父兵，以救難自免

《史記》書影

耳"。武帝感悟。是江充陷害太子的事,在這年七月裏已經清楚。司馬遷這封信,說"涉旬月,迫季冬",當寫在十月,這事已經明白了。那麼太子不是反,是"子盜父兵,以救難自免",任安不出兵攻太子沒有錯,任安接受太子節閉門自守也沒有死罪。武帝判他死罪,是太殘酷了。這正像他替李陵說話,武帝處以腐刑,也太殘酷了。這是他所以要"舒憤懣以曉左右"。他在信裏除了回答任安要他"推賢進士"外,所以要講有關他的李陵之禍,主要是舒憤懣,在舒憤懣裏也含有替任安的不平在內。從他的受腐刑而不死,連帶講到他為了著《史記》而活着。講到《史記》已經完成,"雖萬被戮,豈有悔哉"!不怕被殺,也是舒憤懣。最後提到"要之死日,然後是非乃定"。即他的受腐刑,任安的被處死,是非怎樣,要到死後才定。意指漢武帝的殘酷,表達他的憤懣。在這裏指出包世臣的看法不對,就在於他只就這封信的本身猜測。要了解這封信的用意,還要了解當時的情況,即知人論世才行,才能理解這封信的用意,達到立體的懂。

章學誠《文史通義・外篇一・和州志藝文書序例》:

> 史家所謂部次條別之法,備於班固,而實仿於司馬遷。……其於六藝而後,周秦諸子,若孟荀三鄒、老莊申韓、管晏、屈原、虞卿、呂不韋諸傳,論次著述,約其歸趣,詳略其辭,頡頏其品;抑揚詠歎,義不拘墟。在人即為列傳,在書即為敍錄;古人命意標題,俗學何可繩尺限也?

這裏提出史學家"部次條別之法",單就其中對周秦諸子說,怎樣把周秦諸子編為合傳,加以標題,都有用意。要探討作者的

用意，這不同於探討一篇文章的用意，是要再進一步，探討一組
文章的用意。這一組文章，即《史記》中對周秦諸子的列傳。這
裏有"孟荀三鄒"合為一傳，"老莊申韓"合為一傳，"管晏"、"屈
賈"、"平原君虞卿"都是兩人合為一傳，呂不韋是一人的專傳，
為甚麼這樣來編合傳，或專傳，作者的用意是甚麼，懂得了他的
用意，才懂得他的"部次條別之法"。上面的引文，只提"屈原"，
不提"屈賈"，只提"虞卿"，不提"平原君虞卿"，因為上面說明
"周秦諸子"：賈誼是漢人，所以不列入；平原君是公子，不屬於
諸子，所以也不列入。

　　司馬遷為甚麼把"孟荀三鄒"合為一傳？《孟子荀卿列傳》

孟子像

裏，主要把孟子荀卿合傳，因為兩人都是儒家。裏面還講了鄒忌，是政治家，不是儒家；鄒衍是陰陽家，騶奭頗採鄒衍之術，也是陰陽家。這三人都不是儒家，為甚麼敘在《孟子荀卿列傳》裏？傳裏講孟子，"述唐虞三代之德"，"述仲尼之意"，即講道德仁義。講荀卿"推儒墨道德之行事"，也是講道德的。再看鄒忌，諷齊王納諫，採納各方意見，符合儒家的要求。鄒衍講陰陽消息，"然要其歸，必止乎仁義節儉"，他講的怪迂的說法，歸結到仁義節儉，也跟儒家學說相通。騶奭本於鄒衍的說法，所以也列入。這樣把孟荀三鄒合為一傳，再講他們的學說，說明合傳的理由。

《史記‧老莊申韓列傳》，把道家的老子、莊子和法家的申不害、韓非合為一傳，為甚麼？老子傳裏講老子"無為自化，清靜自正"。莊子傳裏講莊子"其要歸本於老子之言"。講申不害，"申子之學本於黃老（黃帝、老子）而主刑名"。講韓非，"喜刑名法術之學，而其歸本於黃老"，又稱老子"虛無因應，變化於無為"。莊子"亦歸之自然"。申子"施之於名實"。"韓子引繩墨，切事情，明是非，其極慘礉（刻）少恩，皆原於道德（老子《道德經》）之意"。這裏指出法家的慘刻少恩，都從道家老子來的，說明法家學說用道家的理論，所以可以合為一傳。

《史記‧管晏列傳》，把管仲晏嬰合為一傳，傳裏稱管仲"善因禍而為福，轉敗而為功"，"將順其美，匡救其惡，故上下能相親也"。又稱晏嬰"進思盡忠，退思補過"。指出他們在政治思想上有相通的地方，故合為一傳。《史記‧屈原賈生列傳》，把戰國時代的屈原和漢代的賈誼，即時代不同的人合為一傳。傳裏稱屈原："信而見疑，忠而被謗，能無怨乎？"稱賈誼欲為漢定法制，"天子（漢文帝）議以為賈生任公卿之位，絳、灌、東陽侯（周勃、灌嬰、張相如）、馮敬之屬盡害之"，"乃以賈生為長沙王太傅"，那也是信而見疑，忠而被謗，貶官在外。兩人又都是著名的辭賦家，傳裏載了他們的辭賦，所以合為一傳。

《史記·平原君虞卿列傳》，把平原君趙勝和虞卿合為一傳。傳裏稱趙勝是趙國的公子，為趙相。傳末稱："平原君貪馮亭邪說，使趙陷長平兵四十餘萬眾，邯鄲幾亡。"按秦攻下韓國野王城，韓國的上黨城被秦軍隔斷，不能和韓國聯接。上黨守馮亭不願降秦，願以上黨地歸趙。趙孝成王與平陽君、平原君計議，平陽君說："不如勿受，受之禍大於所得。"平原君說："無故得一郡，受之便。"趙受上黨。秦攻上黨，趙駐軍長平以拒秦。秦軍絕趙軍糧道，趙軍糧盡降秦，秦軍坑殺趙軍四十萬於長平，進圍趙京城邯鄲。傳又稱虞卿，遊說之士，說趙孝成王，為趙上卿。又稱"虞卿料事揣情，為趙畫策，何其工也"。平原君貪上黨地，使趙軍陷沒四十萬眾，與虞卿善於為趙劃策，構成對照，所以合在一傳。又稱虞卿著書，"凡八篇，以刺譏國家得失，世傳之，曰《虞氏春秋》"。《史記·呂不韋列傳》是專傳，傳稱呂不韋，是大商人。秦公子子楚為質於趙，呂不韋結好子楚，以千金為子楚立聲譽使子楚得立為太子。及子楚即位為莊襄王，以呂不韋為丞相。不韋招致食客三千人，"使其客人人著所聞，集論以為八覽、六論、十二紀，二十餘萬言，以為備天地萬物古今之事，號曰《呂氏春秋》"。

章學誠提出的史學家"部次條別之法"，光看他的文章，就列傳說，是講史學家按照人物的類別分立合傳和專傳。就其中的諸子說，"在人即為列傳，在書即為敍錄"。按照各家學說，分成合傳或專傳，在傳裏講了各家學說的要點。就分立合傳專傳說，即"在人即為列傳"，就敍述各家學說的要點說，即"在書即為敍錄"。這是司馬遷編列傳的方法，即屬於部次條別之法的一種。要懂得這種部次條別之法，光看章學誠的文章，還只有一個抽象的概念，還要根據他在文中舉出的有關周秦諸子的傳記來看，即據他在文中列舉的"孟荀三鄒、老莊申韓"等傳，找出《史記》的《孟子荀卿列傳》、《老莊申韓列傳》來看，看司馬遷為甚麼要把這些人合在一傳，看他怎樣敍述這些人的學說的要點。這樣看了，對於"在人即為列傳，在書即為敍錄"，有個較具體的印象，對"部次條別之法"，開始有了認識。倘要再進一步，比方司馬遷把"老莊申韓"合為一傳，即認為法家的學說本於道家，光看《老莊申韓列傳》還不夠，還要去讀《老子》、《莊子》、《申子》、《韓非子》中有關的論說，研究法家的理論怎樣本於道家，對此有了明確的認識，這才對於司馬遷就周秦諸子的部次條別之法，有個立體的懂。這樣，要對史家部次條別之法有個立體的懂，就要讀很多有關的書，要在這方面有個融會貫通的理解，比理解一篇文章的用意更費研討了。

這裏接觸到我們為甚麼要學古文的問題，我們要建設精神文明，要繼承古代優秀的文化傳統，像文天祥的為了保護民族的利益，反抗壓迫的崇高精神，不正是值得我們繼承嗎？這些都記載在古文裏。文天祥的反民族壓迫的崇高精神是從"孔曰成仁，孟曰取義"來的，孔孟的這種崇高精神，不值得我們學習嗎？這些也都記載在古文裏。還有我們要學習我國的歷史，要學習優秀的文學作品等等，都記載在古文裏，這是我們要學習古文的理由。怎樣學習古文，怎樣立體的懂，還可引證古人的論述，這就接觸到"因聲求氣"了。

「因聲求氣」說的先行者

　　學習古文，從熟讀古文入手。對於熟讀古文還要背誦，有兩種說法：一叫"死記硬背"，一叫"因聲求氣"。死記硬背就是為了記住它背出它而讀，這樣讀就成為苦事。一叫"因聲求氣"，前邊提到著名詩人陳衍五歲時，讀《孟子·不仁者可與言哉章》，又讀《小弁小人之詩也章》，"喜其音節蒼涼，抗聲往復，父自外歸，聞之色喜，曰：'此兒於書理，殆有神會。'"這樣讀書，體會到文辭的音節美，體會到原文中所表達的思想感情，從這裏感到喜悅，不再認為讀書是苦事。在喜悅中自然成誦，熟讀背出，這就是桐城派講的"因聲求氣"。"聲"就是文辭的音節美，"氣"就是作者所表達的氣勢，作者在表達思想感情時所形成的氣勢的抑揚疾徐頓挫。"因聲求氣"即劉勰《文心雕龍·知音》篇說的："夫綴文者情動而辭發，觀文者披文以入情，沿波討源，雖幽必顯。世遠莫見其面，覘文輒見其心。豈成篇之足深，患識照之自淺耳。"劉勰提出作者"情動而辭發"，這個"情"指思想感情，作者有了思想感情要表達出來寫成文辭，讀者看了文辭來理解作者的思想感情。作者的思想感情有時是含蓄的，經過沿波討源的探索，一定可以使它顯露出來。雖然古代的作者看不到，但是看了他的文辭可以看到他的心情。有的文辭寫得較深，不容易體會作者的心情；只因認識的淺薄，這才體會不到，古人之所以提出熟讀，就是要在熟讀中反覆體會作者的思想感情。桐城派提出的"因聲求氣"就要通過熟讀來體會作者的思想感情。在桐城派提出"因聲求氣"以前，就有這樣做的，這裏稱為"因聲求氣"說的先行者。

一　蘇洵説

講讀書的，著名的有蘇洵《上歐陽內翰書》：

> 洵少年不學，生二十五歲，始知讀書。……取《論語》、《孟子》、韓子（韓愈集）及其他聖人賢人之文，而兀然端坐終日以讀之者，七八年矣。方其始也，入其中而惶然，博觀於其外，而駭然以驚。及其久也，讀之益精，而其胸中豁然以明，若人之言固當然者，然猶未敢自出其言也。時既久，胸中之言日益多。不能自制，試出而書之，已而再三讀之，渾渾乎覺其來之易矣，然未敢以為是也。（《嘉祐集》卷十一）

這裏，蘇洵講他二十五歲才發憤讀書，讀了七八年。他是在會讀古文以後再來讀古書的。他開始讀這些古書時，"入其中"，

蘇洵像

進入這些古書之中，即劉勰講的"觀文者披文以入情"，進入作者的思想感情，這正像我們上面講孔子講仁的理論的認識，到達了事物的全體的、本質的、內部聯繫的東西，所以"惶然"，有惶恐的意思，想不到孔子的思想達到這樣的深遠。再"博觀於其外"，跟外界事物聯繫，是不是"到達了暴露周圍世界的內在的矛盾"，接觸到"有殺身以成仁"，所以"駭然以驚"呢？這樣，他的讀書已經到了"立體的懂"，所以"其胸中豁然以明"了。這樣來看世間事物，就有話要說，所以"胸中之言日益多"，"渾渾乎覺其來之易矣"。那他的讀書，"端坐終日以讀之者七八年"，達到了"立體的懂"，接受了正確的思想感情的感染，才有很多話要說了。

朱熹《朱文公全集》卷七四《滄州精舍諭學者》，引了蘇洵的話說："予謂老蘇但為欲學古人說話聲響，極為細事。乃肯用功如此。故其所就，亦非常人所及。如韓退之、柳子厚輩亦是如此。其答李翊、韋中立書，可見其用力處矣。然皆只是要作好文章，令人稱賞而已。"朱熹指出蘇洵的"端坐終日以讀之者七八年"，只是"欲學古人說話聲響"，即通過"學古人說話聲響"來"入其中而惶然，博觀於外而駭然以驚”，即後來桐城派“因聲求氣”説的先行者。

朱熹像

二　韓愈、柳宗元説

朱熹又講到韓愈《答李翊書》、柳宗元《與韋中立論師道書》也是這樣，即也是像蘇洵那樣讀書，“欲學古人説話聲響”，也是“因聲求氣”的先行者，也是“乃肯用功如此，故其所就，亦非常人所及”。再來看看他們又是怎樣像蘇洵那樣的讀書的。

韓愈《答李翊書》：

愈之所為不自知其至猶未也？雖然，學之二十餘年矣。始者非三代兩漢之書不敢觀，非聖人之志不敢存；處若忘，行若遺，儼乎其若思，茫乎其若迷。當其取於心而注於手也，惟陳言之務去，戛戛乎其難哉！……如是者亦有年，猶不改，然後識古書之正偽，與雖正而不至焉者，昭昭然白黑分矣。而務去之，乃徐有得也。當其取於心而注於手也，汩汩然來矣。……如是者有年，然後浩乎其沛然矣。……

　氣，水也；言，浮物也。水大而物之浮者大小畢浮。氣之與言猶是也，氣盛則言之短長與聲之高下者皆宜。……（《韓昌黎集》卷十六）

韓愈在這裏講的，只説“非三代兩漢之書不敢觀”，即看書，不説讀書，那朱熹怎麼説他跟蘇洵“亦是如此”，也“欲學古人説話聲響”呢？因為“欲學古人説話聲響”，非朗誦不可，只是觀書，學不到古人説話聲響的。按李漢《昌黎先生韓愈文集序》：“自知讀書為文，日記數千百言。比壯，經書通唸曉析。”可見他年輕時是讀書的，要“日記數千百言”，非苦讀不行。再看韓愈在《進學解》裏説：“先生口不絕吟於六藝之文，手不停披於百家之編。”這兩句是互文，即口不絕吟於六藝百家之文，手不停披於六藝百家之編。“口不絕吟”正説明他是朗誦的，不稱誦而稱吟，説明他的朗誦是有節拍的。他又講“氣盛則言之短長與聲之高下者皆宜”，這正説明他的朗誦是分別“言之短長與聲之高下”的，所以稱為“吟”。他這樣的朗誦，是通過朗誦來學“古人説話聲響”，跟蘇洵一致。因此他講的體會也跟蘇洵相似。像韓愈講的“非聖人之志不敢存，處若忘，行若遺，儼乎其若思，茫乎其若迷”，像上面指出的體會到孔子講的仁字的理論意義，把它存在心裏，於是對於世俗的見解不合於孔子所講仁的道理的，就要“處若忘，行若遺”，加以排除。這就“儼乎其若思，茫乎其若迷”，這正像蘇洵的“入其中而惶然，博觀於其外，而駭然以驚”。韓愈講又進一步，“然後識古書之正偽，與雖正而不至焉者，昭昭然白黑分矣"。即能夠用聖人的正確觀點來分別是非了。這正像蘇洵講的"而其胸中豁然以明,若人之言固當然者",正確的意見是"固當然者",本是應該這樣的。韓愈講,再後來,"當其取於心而注於手也,汩汩然來矣",像水急流那樣來了。即蘇洵說的"渾渾乎覺其來之易矣"。這樣看來,韓愈講的和蘇洵講的確是一致的。

再看柳宗元《報袁君陳秀才避師名書》說:

> 大都文以行為本,在先誠其中。其外者當先讀《六經》,次《論語》、孟軻書,皆經言。《左氏》、《國語》、莊周、屈原之辭,稍採取之;《穀梁子》、《太史公》甚峻潔,可以出入;餘書俟文成異日討也。(《柳宗元集》卷三四)

柳宗元像

在這裏,他是講讀書的,所讀的書經史子集都有,以經為主,子史集稍採取之,是有分別的。再看他的《與韋中立論師道書》(見"融會貫通"節),對他所讀的書,還要講"本之"、"參之"的。那麼朱熹講他跟蘇洵的讀書"亦是如此",定有道理的,不過柳宗元講的體會，跟蘇洵和韓愈講的不同。韓愈和蘇洵講的是理論上的認識，柳宗元講"本之"、"參之"的，是講藝術風格上的體會。

因聲求氣

$\diamond$　$\diamond$　$\diamond$　$\diamond$

　　以上屬於"因聲求氣"説的先行者，還沒有提出"因聲求氣"來。到桐城派論文，才提出"因聲求氣"來。張裕釗《與吳至父書》："故姚氏（鼐）暨諸家因聲求氣之説，為不可易也。"

一　姚鼐説

　　先看姚鼐及諸家講到因聲求氣之説。姚鼐説：

　　大抵學古文者，必要放聲疾讀，又緩讀，只久之自悟；若但能默看，即終身作外行也。（《惜抱軒尺牘·與陳碩士》）

　　讀古文務要從聲音證入，不知聲音，終為門外漢耳。（同上）

　　文章一事，而所以致美之道非一端。命意立格，行氣遣辭，理充於中，聲振於外，數者一有不足，則文病矣。作者每意專於所求，而遺於所忽；故雖有志於學，而卒無以大過乎凡眾；故必用功勤而用心精密，兼收古人之具美，融會於胸中，無所凝滯，則下筆時自無得此遺彼之病已。（同上）

文韻致好，但說到中間見有滯鈍處，此乃是讀古人文不熟；急讀以求其體勢，緩讀以求其神味，得彼之長，悟吾之短，自有進也。（同上）

學文之法無它，多讀多為，以待其一日之成就，非可以人力速之也。士苟非有天啟，必不能盡其神妙；然苟人輟其力，則天亦何自啟之哉！（同上）

大抵文字須熟乃妙，熟則刮瘢自明，手之所至，隨意生態，常語滯意，不遣而自去矣。（同上）

深讀久為，自有悟入。夫道德之精微，而觀聖人者不出動容周旋中禮之事；文章之精妙，不出章句聲色之間，捨此無可窺尋矣。（《惜抱軒尺牘・與石甫姪孫》）

凡書少時未讀，中年閱之，便恐難記，必須隨手抄纂。（《惜抱軒尺牘・與劉明東》）

姚鼐講的"因聲求氣"比蘇洵更明確了，強調讀書，分疾讀和緩讀，又稱"只久之自悟"，要讀得久，才有悟入。並認為"若但能默看，即終身作外行也"。通過久讀熟讀來悟入，即"要從聲音證入"，否則"終為門外漢"。怎樣"從聲音證入"呢？即通過疾讀緩讀，理解古人名文的"命意立格，行氣遣辭"，"兼收古人之具美，融會於胸中，無所凝滯"，到自己下筆寫作時，就能做到

"理充於中，聲振於外"，在"命意立格，行氣遣辭"上，吸收了"古人之具美"，自然"無得此遺彼之病"了。自己寫作時，"中間見有滯鈍處，此乃是讀古人文不熟"，還得靠熟讀來補救。"急讀以求其體勢，緩讀以求其神味，得彼之長，悟吾之短，自有進也。"那麼要求文章的體勢恰好，要有神味，都得從急讀緩讀中求得。要懂得文章的神妙，就靠"多讀多為"，得到啟發。"文章之精妙，不出章句聲色之間"，通過多讀熟讀，即通過章句來體會聲色，體會文章之精妙，這即是"從聲音證入"。"從聲音證入"，即通過熟讀來理會文章的"行氣遣辭"，即"因聲求氣"。理會了"行氣遣辭"，懂得文章的"命意立格"，懂得文章的體勢神味，懂得文章的神妙，使自己的寫作也逐步進入這個境界，這是姚鼐講的"因聲求氣"。他又認為少時記憶力最好，所以須熟讀的書，要在少時讀熟。中年閱書，就要靠筆記了。

二　梅曾亮説

再看梅曾亮的講法：

> 夫觀文者，用目之一官而已，誦之而入於耳，益一官矣。且出於口，成於聲而暢於氣。夫氣者，吾身之至精，以吾身之至精御古人之至精，是故渾合而無有間也。國朝人文，其佳者固有得於是矣。（《柏梘山房文集·與孫芝房書》）

> 羅台山氏與人論文，而自述其讀文之勤與讀文之法，此世俗以為迂且漏者也。然世俗之文，揚之而其氣不昌，誦之而其聲不文，循之而詞之豐殺厚薄緩急與情事不相稱；若是者，皆

不能善讀文者也。文言之，則昌黎所謂養氣，質言之，則端坐而誦之七八年，明允之言，即昌黎之言也。文人矜誇，或自諱其所得，而示人以微妙難知之詞，明允可謂不自諱者矣，而知而信之者或鮮。台山氏能信而從之，而所以告人者，亦如老泉之不自諱；吾雖不獲見其人，其文固可以端坐而得之矣。(同上)

梅曾亮講"因聲求氣"又有了新的提法，認為朗誦比看書的好處多，即用目用耳，"成於聲而暢於氣"，即"因聲求氣"。朗誦時，使我之氣與古作者之氣"渾合而無有間"，即通過朗誦來體會作者的"行氣遣辭"，理會作者怎麼用文辭來表達他的情意，理會作者"修辭立其誠"，所用的文辭，跟他所寫的情事的豐殺厚薄緩急相稱。古代傳誦的名文，所寫的文辭，它的豐殺厚薄緩急是與情事相稱的，這就是它的行氣遣辭。通過誦讀，體會古人的行氣遣辭，體會怎樣使辭之豐殺厚薄緩急與情事相稱，自己下筆時，也注意學習古人的行氣遣辭，使所寫文辭的豐殺厚薄緩急與情事相稱，這就是成功之作了。這就靠朗誦，就引了蘇洵的講讀書與羅台山的講讀書了。

三　方東樹、張裕釗説

再看方東樹講"因聲求氣"：

夫學者欲學古人之文，必先在精誦，沉潛反覆，諷玩之深且久，暗通其氣於運思置詞迎距措置之會，然後其自為之以成其辭也，自然嚴而法，達而藏；否則心與古不相習，則往往高下短長，齟齬而不合；此雖致功淺末之務，非為文之本，然

古人之所以名當世而垂為後世法，其畢生得力，深苦微妙而不能以語人者，實在於此。（《儀衛軒文集‧書惜抱先生墓誌銘後》）

張裕釗説：

古人論文者曰：文以意為主，而詞欲能副其意，氣欲能舉其辭。譬之車然，意為之御，辭為之載，而氣則所以行也。其始在因聲以求氣，得其氣，則意與詞往往因之而並顯，而法不外是矣。是故契其一，而其餘可以緒引也。蓋曰意，曰詞，曰氣，曰法，之（此）數者，非判然自為一事，常乘乎其機而混同以凝於一，惟其妙之一出於自然而已。自然者，無意於至而莫不備至，動皆中乎其節，而莫或知其然。……夫文之至者，亦若是焉而已。觀者因其既成而求之，而後有某者某者之可言耳。夫作者之亡也久矣，而吾欲求至乎其域，則務通乎其微，以其無意為之而莫不至也，故必諷誦之深且久，使我之心與古人訢合（猶渾合）於無間，然後能深契自然之妙，而究極其能事。若夫專以沉思力索為事者，固時亦可以得其意，然與夫心凝形釋，冥合於言議之表者，則或有間矣。故姚氏暨諸家因聲求氣之説，為不可易也。吾所求於古人者，由氣而通其意以及其辭與法，而喻乎其深。及吾所自為文，則一以意為主，而辭氣與法胥（都）從之矣。（《濂亭文集‧與吳至父書》）

方東樹講的，又有新的説法，就是在誦讀時要"沉潛反覆"，即在熟讀時要深入到作者的思想感情中去，這種深入，要經過反覆多次，愈入愈深，所以稱為"諷玩"，是反覆探求的意思。這樣，使朗誦的語氣與作者用文辭來表達情意時的語氣相通。作者在用文辭來表達情意時，在運思置辭迎距措置上跟語氣有關，即在表達情思時，結合情思的變化，語氣有抑揚長短沉鬱頓挫等不同。讀時體會到作者通過不同語氣來表達的情思，即使讀時的語氣與作者表達語氣的情思相通。就這點説，張裕釗講得更全面。他根據韓愈講的"氣盛則言之短長與聲之高下皆宜"，在誦讀時，通過文辭音節的短長高下來體會作者的氣，體會到作者的氣，從而體會到作者的命意遣辭和作法。到自己寫作時，已經掌握了古人氣盛言宜的方法，就可以以情意為主，根據不同的情意使言之短長與聲之高下跟情意相稱，達到"運思置辭迎距措置"都恰當，"詞之豐殺厚薄緩急與情事相稱"，使寫作得到成功。這樣，"因聲求氣"，從朗誦進到寫作了。

古文的藝術性

◇　　◇　　◇　　◇

　　劉勰在《文心雕龍‧知音》篇裏談到"觀文者披文以入情"，姚鼐在《惜抱軒尺牘‧與石甫姪孫》裏稱"讀古文務要從聲音證入"，這裏提到"入"字是要進入作者的思想感情，使人想到演員的進入角色。演員演戲時，有時候有相當長的一篇台詞，需要演員熟讀背誦。要是演員在讀台詞時死記硬背，認為苦事，那他表演時，只把死記硬背的背出來，把表演變成背書，一定演不好。他讀台詞時，一定要體會到角色的思想感情，一定要"披文以入情"，他在唸台詞時，不是死記硬背，是在通過台詞表達出角色的思想感情來，要能進入角色。到演出時，他才能進入角色，把台詞化為角色表達思想感情的語言，引起觀眾的共鳴來感動觀眾，他也感到藝術的創造。這就是說桐城派講"因聲求氣"是在探討古文的藝術性。桐城派講的古文，不指一般的應用文，是指

《文心雕龍》書影

具有藝術性的散文，通過因聲求氣來體味古文的藝術趣味。

桐城派劉大櫆在《論文偶記》裏在這方面作了闡發。

> 行文之道，神為主，氣輔之。曹子桓（丕）蘇子由（轍）論
> 文，以氣為主，是矣。然氣隨神轉，神渾則氣灝，神遠則氣
> 逸，神偉則氣高，神變則氣奇，神深則氣靜，故神為氣之主。
> 至專以理為主，則未盡其妙，蓋人不窮理讀書，則出詞鄙俗空
> 疏；人無經濟（經世濟用），則雖累牘，不適於用。故義理、
> 書卷、經濟者，行文之材料；神氣音節者，行文之能事也。
> （《海峰文集》卷一）

這裏講到"義理、書卷、經濟"，即《文心雕龍·神思》篇裏講的
"積學以儲寶，酌理以富才，研閱以窮照"，即學問、理論、閱歷。
義理指理論，書卷指學問，經濟指閱歷跟經世濟用的學識。這三
者構成寫作的內容，但劉大櫆認為這三者只是行文之材料；神氣
音節才是行文之能事，要研究行文之能事，這就要探索古文的藝

術性了。又説：

　　文章最要氣盛，然無神以主之，則氣無所附，蕩乎不知其
所歸。神氣者，文之最精處也；音節者，文之稍粗處也；字
句者，文之最粗處也。然予謂論文而至於字句，則文之能事
盡矣。蓋音節者，神氣之跡也；字句者，音節之規也。神氣
不可見，於音節見之；音節無可準，於字句準之。

這裏講的“文章最要氣盛”，就是本於韓愈《答李翊書》裏説的“氣
盛則言之短長與聲之高下者皆宜”。這個“氣”裏含有作者要表達
的思想感情在內，氣盛則這種思想感情鬱積着非説不可，用旺盛
的氣勢説出來。由於感情的起伏波動，激動時使聲音提高，話語
急迫，平穩時聲音稍平，這就有言之短長與聲之高下了，這些分
別都跟着感情的起伏波動而自然形成，所以都是合宜的。在這個
“氣”裏密切結合着作者的思想感情，從這裏顯示作者的神情，這
就是氣之精處，這就是神。這個“氣”相當於文章的氣勢，讀時
把文章的氣勢讀出來。這個“神”相當於作者在文辭裏所表達的
神氣，讀時把這種神氣讀出來，好比演員在台上表演，他説的台
詞，把角色的思想感情表達出來，同時把角色的神氣表達出來，
這就是藝術。

　　他又指出“氣隨神轉”，如演員在台上表演，要把角色的神
情表達出來，角色説的話，有抑揚長短快慢等的不同，這一切都
跟着表演角色的神情來的。角色説的話有抑揚長短快慢等，這是
氣，這一切跟着角色的神情轉，這就是“氣隨神轉”。對“氣隨神
轉”的具體説明，見於下面他講各種不同風格的闡説，這正説明

他講的神跟風格有關。

那麼怎樣去求得神氣呢？他想出通過音節來求神氣，通過字句的誦讀來求得音節，這樣就有着手處了。因此又說：

音節高則神氣必高，音節下則神氣必下，故音節為神氣之跡。一句之中或多一字，或少一字，一字之中或用平聲，或用仄聲，同一平字仄字，或用陰平陽平上聲去聲入聲，則音節迴異。故字句為音節之矩。積字成句，積句成章，積章成篇，合而讀之，音節見矣；歌而詠之，神氣出矣。近人論文，不知有所謂音節者，至語以字句，必笑以為末事，此論似高實謬，作文若字句安頓不妙，豈復有文字乎！

凡行文字句短長，抑揚高下，無一定之律，而有一定之妙，可以意會而不可以言傳。學者求神氣而得之音節，求音節而得之字句，思過半矣。其要只在讀古人文字時，設以此身代古人說話，一吞一吐，皆由彼而不由我，爛熟後，我之神氣即古人之神氣，古人之音節都在我喉吻間，合我喉吻者便是與古人神氣音節相似處，自然鏗鏘發金石聲。

這裏講到一句中多一字或少一字，一句中用平聲或仄聲字，則音節迴異，主要當指近體詩說，因為近體詩一句中的字數和平仄都有限制。這裏講到字分陰陽上去入，當指歌辭說，歌辭配音樂，講究得更細了。在古文中，"氣盛則言之短長與聲之高下皆宜"，那麼"言之短長與聲之高下"都要跟氣盛相配合，不配合的也不行，是另一種句的短長與字的平仄的調配。這裏講到"其要只在讀古人文字時，設以此身代古人說話，一吞一吐，皆由彼而不由我。爛熟後，我之神氣即古人之神氣，古人之音節都在我喉吻間，合我喉吻者便是與古人神氣音節相似處"。正如上面說的，演員在台上表演時的發言，即代角色說話，一吞一吐，皆由角色而不由我，我之神氣即角色之神氣，角色的音節都在我喉吻間，合我喉吻者便是與角色音節相似處。這是演員進入角色表演的藝術。姚鼐《覆魯絜非書》："其於人也，漻乎（狀靜）其如歎，邈乎（狀遠）其如有思，暖乎（狀溫和）其如喜，愀乎（狀淒愴）其如悲。觀其文，諷其音，則為文之性情形狀舉以殊焉。"通過因聲求氣，體會到作者的情思和神氣，體會到"為文之性情形狀舉以殊焉"，就進入到藝術享受。

不過古文的創作與演員的藝術表演還有不同，演員的藝術表現在進入角色，進入角色即創造角色，即是創造。古文的"設以此身代古人說話"，成了模仿古人說話，怎麼成為創作呢？這正如孩子學話，方言區的孩子，只會講方言，不會講普通話。把方言區的孩子送到北京上學，他開始時學北方話，記熟了北方話的發音、字彙、句法，一吞一吐皆由北方話而不由他從方言區帶來的談吐，這樣學會了北方話。然後他用北方話來講話，講的還是自己的話，還是表達了自己的思想感情的話。劉大櫆講的也是這樣，他講的"設以此身代古人說話"，即指讀古文說，讀傳誦的古文要"一吞一吐，皆由彼而不由我，爛熟後，我之神氣即古人之神氣"，即通過誦讀來得到"古人之神氣"；"神氣者，文之最精處也"，得到"古人之神氣"，即得到古人為文的最精處，即得到古人為文的"詞之豐殺厚薄緩急與情事相稱"。得到了這種為文之最精處，我自己為文時也學到使"詞之豐殺厚薄緩急與情事相稱"，而所寫的情事或思想感情還是我的，還是創造而不是模仿。好比方言區的孩子，已經學會了用純正普通話說話，說的還是他自己的話，不是鸚鵡學舌。

這正如姚瑩講的學習古人文章妙處的"沉鬱頓挫"：

> 古人文章妙處，全是"沉鬱頓挫"四字。沉者如物落水，必須到底，方着痛癢，此沉之妙也；否則仍是一浮字。鬱者如物幡結胸中，展轉縈過，不能宣暢；又如憂深念切，而進退維艱，左右窒礙，塞阨不通，已是無可如何，又不能自己；於是一言數轉，一意數迴，此鬱之妙也；否則仍是一率字。頓者如物流行無滯，極其爽快，忽然停住不行，使人心神馳向，如望如疑，如有喪失，如有怨慕，此頓之妙也；否則仍是一直字。挫者如鋸解木，雖是一來一往，而齒鑿嶬嶬，數百森列，每一往來，其數百齒必一一歷過，是一來凡數百來，一往凡數百往也；又如歌者一字，故曼其聲，高下低佪，抑揚百轉，此挫之妙也，否則仍是一平字。文章能袪其浮率平直之病，而有沉鬱頓挫之妙，然後可以不朽。(《康輶紀行》)

這裏講古人文章妙處的沉鬱頓挫，當緩讀來體會作者的神氣。到寫作時，一定要有如上面所說的沉鬱頓挫的思想感情，才能寫出沉鬱頓挫的文章來，因此這樣的文章還是作者自己的，不是從古文模仿得來的。

這樣寫出來的文章是創作，不是模仿，因此劉大櫆《論文偶記》裏又說：

文貴奇，所謂珍愛者必非常物。然有奇在字句者，有奇在意思者，有奇在筆者，有奇在丘壑者，有奇在氣者，有奇在神者，字句之奇不足為奇，氣奇則真奇矣。讀古人文，於起滅轉接之間，覺有不可測識處，便是奇氣。文貴高，窮理則識高，立志則骨高，好古則調高。文貴大，道理博大，氣脈洪大，丘壑遠大，丘壑中必峰巒高大，波瀾闊大，乃可謂之大。文貴遠，遠必含蓄，或句上有句，或句下有句，或句中有句，或句外有句。說出者少，不說出者多，乃可謂遠。文貴簡，凡文筆老則簡，意真則簡，辭切則簡，理當則簡，味淡則簡。氣蘊則簡，品貴則簡，神遠而含藏不盡則簡，故簡為文章盡境。文貴疏，凡文力大則疏，宋畫密，元畫疏，顏柳字密，鍾王字疏，孟堅文密，子長文疏；凡文氣疏則縱，密則拘，神疏則逸，密則勞，疏則生，密則死。文貴變……一集之中，篇篇變，一篇之中，段段變，一段之中，句句變，神變氣變音變節變句變字變，惟昌黎能之。文貴瘦，須從瘦出而不宜以瘦名，蓋文至瘦則筆能屈曲盡意，而言無不達。……文貴華，華正與樸相表裏，以其華美，故可貴重，所惡於華者，恐其近俗耳；所取於樸者，謂其不著粉飾耳。不著粉飾而精彩濃麗，自《左傳》、《莊子》、《史記》而外，其妙不傳。……行文最貴品藻不成文字，如曰渾，曰浩，曰雄，曰奇，曰頓挫，曰跌宕之類，不可勝數。然有神上事，有體上事，有色上事，有聲上事，有味上事，有識上事，有情上事，有才上事，有格上事，有境上事，須辨之甚明。文章品藻最貴者，曰雄曰逸，歐陽子逸而未雄，昌黎雄處多，逸處少，太史公雄過昌黎，而逸處更多於雄處，所以為至。

這一大段是劉大櫆從字句到音節，從音節到神氣，從神氣中對古文所作的藝術探討。比方他講的"奇"，《文心雕龍‧辨騷》裏讚美《離騷》，就稱："奇文鬱起，其《離騷》哉！"又稱學習《離騷》，要"酌奇而不失其貞（正）"，注意學它的奇。又在《體性》篇裏以"奇"為一種風格。再像"遠"，《文心雕龍‧隱秀》篇裏講到"隱也者，文外之重旨者也"。"夫隱之為體，義生文外"，即有言外之音，回甘之味。又《體性》篇裏以"遠奧"為一種風格。再像"簡"，《文心雕龍‧徵聖》篇裏講："故《春秋》一字以褒貶，《喪服》舉輕以包重，此簡言以達旨也。"又《體性》篇裏講"精約者，核字省句，剖析毫釐者也"，即講簡，以為一種風格。再像"疏"、"密"和"瘦"，陸機《文賦》裏談到"言窮者無（惟）隘，論達者惟曠"。"隘"跟"曠"相對，"曠"與疏相近，則"隘"與"密"或"瘦"相近，也指風格説的。講到"變"，蕭子顯《南齊書‧文學傳論》稱"屬文之道，事出神思，感召無象，變化不窮"，又稱"在乎文章，彌患凡舊，若無新變，不能代雄"。講到"華"、"樸"，《文心雕龍‧情采》篇講到有兩種文采："夫鉛黛所以飾容，而盼倩生於淑姿。"鉛粉黛石用來化妝，經過化妝的美有外飾的是一種。"巧笑倩兮，美目盼兮"，是天生姿質的美，一笑一盼極為動人，這是不加外飾的自然的美。即這裏講的"不著粉飾，而精彩濃麗"。這裏講的"雄"和"逸"，即姚鼐《覆魯絜非書》裏講的陽剛和陰柔之美。以上講的，都屬於藝術技巧或風格上的事，正説明他對古文藝術性的探索。

　　這裏又講到神、體、色、聲、味、識、情、才、格、境，結合他講的神氣，也都屬於對古文藝術的探索，後來姚鼐在《古文辭類纂序目》裏概括為："神、理、氣、味、格、律、聲、色。神、理、氣，味者，文之精也；格、律、聲、色者，文之粗也。然苟捨其粗，則精者亦胡以寓焉？學者之於古人，必始而遇其粗，中而遇其精，終則御其精者而遺其粗者。文士之效法古人，莫善於退之，盡變古人之形貌，雖有摹擬，不可得而尋其跡也。"這裏講的摹擬，就像劉大櫆講的，"昌黎雄處多，逸處少，太史公雄過昌黎，而逸處更多於雄處"。即司馬遷的《史記》"逸處多於雄處"，韓愈學《史記》，"雄處多，逸處少"。學的是風格，不是文字上的摹仿，所以韓愈的散文還是創作，所以"雖有摹擬，不可得而尋其跡也"。

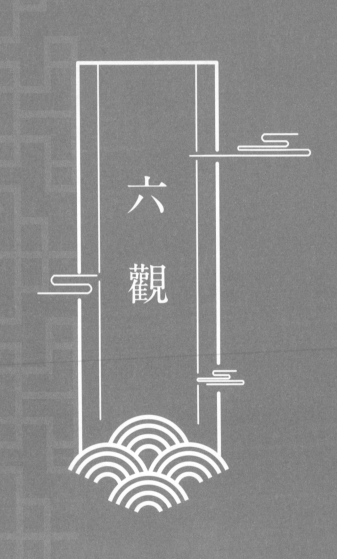

六
觀

　　桐城派講的"因聲求氣"，是通過朗誦古文，從音節的抑揚頓挫裹體會作者的辭氣，體會作者的思想感情，好比聽戲時，從演員台詞的抑揚頓挫中，體會角色的思想感情。六觀是進一步對古文所作的分析。劉勰《文心雕龍·知音》篇説："是以將閱文情，先標六觀：一觀位體，二觀置辭，三觀通變，四觀奇正，五觀事義，六觀宮商。斯術既形，則優劣見矣。"因聲求氣，是通過朗誦來體會作者的情思，也是"閱文情"；這裏講六觀，也是"閱文情"。前者是從音節的抑揚頓挫中去體會，這裏是從各種分析中去體會。

　　范文瀾《文心雕龍注》裏對六觀解釋道："一觀位體，《體性》等篇論之。二觀置辭，《麗辭》等篇論之。三觀通變，《通變》等篇論之。四觀奇正，《定勢》等篇論之。五觀事義，《事類》等篇論之。六觀宮商，《聲律》等篇論之。大較如此，其細條當參伍錯綜以求之。"按照范注，第一就要看體性，體性即風格。先看風格有困難，先要把文章看懂以後，才來體會它的風格。那麼劉勰為甚麼要"一觀位體"呢？原來劉勰的創作論，講剖情析采。他認為剖情析采的根本是《神思》、《體性》、《風骨》、《通變》、《定勢》，《神思》講創作構思，讀文章當然不能先講它的創作構思，所以不提《神思》，但還以其他四篇為主，所以"一觀位體"，指風格，即包括《體性》、《風骨》；三觀通變，指《通變》；四觀奇正，指《定勢》，這樣安排，即按照剖情析采的根本來談。我們就學習古文說，是不是可把六觀的次序改一下，先從詞句入手，做到：一觀詞句，即《練字》及《章句》中論句部分。二觀宮商，宮商即指詞句的音節。三觀置辭。《麗辭》即屬於修辭格中的對偶，《事類》即屬於修辭格中的引用，《比興》的比即屬於修辭格中的比喻，《誇飾》即屬於修辭格中的誇張，《隱秀》中的"隱"即屬於修辭格中的婉曲，"秀"即屬於修辭格中的精警。這樣，就把《文心雕龍》中論修辭格部分的各篇包括進去了。四觀篇章，指謀篇命意和章節，即《章句》、《附會》、《神思》。五觀體性，即《定勢》、《體性》、《風骨》。六觀通變，即《通變》。這樣的六觀，即由淺入深，由詞句到章節，到命意謀篇到風格，最後到通變，即觀察歷代文章的變化。這樣，把《文心雕龍》的創作論作了更多的概括。下面即舉幾個例子來作說明。

一　觀詞句

　　子路問事君。子曰："勿欺也，而犯之。"（《論語·憲問》）

　　子路問怎樣去對待人君。孔子道："不要〔陽奉陰違地〕去欺騙他，卻可以〔當面〕觸犯他。"（楊伯峻《論語譯注》）

　　子曰："君子和而不同，小人同而不和。"（《論語·子路》）

　　孔子說："君子用自己的正確意見來糾正別人的錯誤意見，使一切都做到恰到好處，卻不肯盲從附和。小人只是盲從附和，卻不肯表示自己的不同意見。"（楊伯峻《論語譯注》）

試觀詞句。先看"事君"的"君"，《辭源》："君，古代各級統治者。"對於各級統治者，一般人民都可以接觸到，都有對待他的問題。再看"勿欺"的"欺"，這裏譯作"陽奉陰違"是一方面，還有報喜不報憂也是欺。再有"犯之"的"犯"，朱熹集注："謂犯顏諫爭。"這樣一觀詞句，照孔子的話，對於各級統治者，既不要陽奉陰違地去欺騙他，也不要報喜不報憂去欺騙他，要當面向他提意見。提甚麼意見呢？孔子認為"和而不同"。甚麼叫"和"，上面《立體的懂》裏指出："君所謂可，而有否焉，臣獻其否以成其可；君所謂否，而有可焉，臣獻其可，以去其否。"

　　在觀詞句裏，要了解各個詞的意義，像要了解"和"字的意義，這就牽涉到《左傳》中晏子講"和"的話，這屬於引事引言的《事類》篇講的，即屬於辭格中的引用格。"君子和而不同，小人同而不和"，這就成了對偶，屬於辭格中的對偶格。"和"與"同"是引用，含義豐富，又屬於辭格中講含蓄的婉曲格。這兩句對偶，成為警句，屬於辭格中的精警格。這個精警表現在甚麼地方呢？看譯文，把"和"譯成"用自己正確意見來糾正別人的錯誤意見，使一切都做到恰到好處，卻不肯盲從附和"。把"同"釋作"盲從附和，卻不肯表示自己的不同意見"。這個譯文正確地表達了孔子的原意，是譯得很好的。孔子生在春秋時代，卻能提出這樣的意見，認為臣民應該這樣來對待各級統治者。這不是孔子自己的獨創，是根據晏子的意見來的。從這個意見裏，可見我國古代就有這種屬於民主性精華的議論。晏子和孔子認為對待各級統治者都應該這樣。只有這樣，才能糾正各級統治者的錯誤意見，使一切都做到恰到好處，對國家和人民都有利。這就接觸到四觀篇章，即命意謀篇，它的命意具有民主性的精華。以上主要是講一觀字句，從字句裏附帶提到辭格和篇章。

二　觀宮商

觀宮商，即指《聲律》説。《聲律》可以從駢文中看到，因此這裏引駢文作例。吳均《與顧章書》：

> 僕去月謝病，還覓薛蘿。梅溪之西，有石門山者。森壁爭霞，孤峰限日；幽岫含雲，深溪蓄翠。蟬吟鶴唳，水響猿啼。英英相雜，綿綿成韻。既素重幽居，遂葺宇其上。幸富菊花，偏饒竹實。山谷所資，於斯已辦；仁智所樂，豈徒語哉！（《六朝文潔》卷七）

這篇是六朝時梁朝吳均寫的駢文。在觀宮商前，首先觀詞句。如，"梅溪"在故鄣縣（在今浙江安吉縣西北）東三十里。"石

《詩經》內頁

門山"在梅溪上,山有大石高百餘丈稱石門。又"英英",雲起貌,
見《詩經・小雅・白華》:"英英白雲。"又"仁智所樂",本於《論
語・雍也》篇:"知(同智)者樂水,仁者樂山。"弄清了詞句,
再來觀宮商。宮商指音節的調配,即後來的平仄。一句四字,分
為兩個音步,要平音步和仄音步互相調配。如兩句相對的,作"仄
仄──平平,平平──仄仄",即上句兩個音步,一個仄音步"仄
仄",與一個平音步"平平";下句與上句相反,成為一個平音步
與一個仄音步,倘四句相對,即上聯兩句,下聯兩句,如"平平
仄仄,仄仄平平;仄仄平平,平平仄仄"。即上聯兩句的上句是
仄音步、平音步,下句跟它相反;下聯兩句的音步跟上聯兩句的
音步相反。平音步和仄音步,以第二字為準,如平平、仄平,都
是平音步,仄仄,平仄都是仄音步。這篇裏對句音步的平仄如下:

森壁 —— 爭霞，孤峰 —— 限日 ；幽岫 —— 含雲，深溪
平仄　　　平平　　平平　　　　仄仄　　　平平　　平平

—— 蓄翠。蟬吟 —— 鶴唳，水響 —— 猿啼。英英 —— 相雜，
仄仄　　　平平　　仄仄　　仄仄　　　平平　　平平　　　平仄

綿綿 —— 成韻。
平平　　　平仄

這裏一共四聯，每聯兩句。就音步說，第一聯是一仄一平，對一平一仄。第二聯承接第一聯，第一聯末一個是仄音步，故第二聯第一個也是仄音步，成為一仄一平，一平一仄。第三聯承第二聯，第二聯末一個是仄音步，第三聯當以仄音步起，這裏卻用平音步起，成一平一仄，一仄一平。第三聯末一個平音步，第四聯承接第三聯，以平音步起，成一平一仄，一平一仄。這裏說明南北朝時代的駢文講究平仄還不很嚴格，所以第三聯用平音步起，沒有承接第二聯末一個仄音步。第四聯下句的音步，與上句相同。

　　上引一聯兩句，每句四字，太簡單了。再引王勃《滕王閣序》幾聯來看：

虹銷 —— 雨霽，彩徹 —— 雲衢。落霞 —— 與孤鶩 —— 齊
平平　　　仄仄　　仄仄　　　平平　　仄平　　　仄平仄　　　平

飛，秋水 —— 共長天 —— 一色。漁舟 —— 唱晚，響窮 —— 彭
平　　平仄　　　仄平平　　　仄仄　　平平　　　平仄　　平平　　　平

蠡 —— 之濱；雁陣 —— 驚寒，聲斷 —— 衡陽 —— 之浦。
仄　　　平平　　仄仄　　　平平　　平仄　　平平　　　平平

（《古文觀止》卷七）

這裏一共三聯，第一聯兩句，每句四字，就音步的平仄看，一平一仄，一仄一平相對。第二聯兩句，每句七字，就音步看，一平一仄一平，一仄一平一仄相對。第三聯四句，兩句對兩句，就音

步看，一平一仄，一平一仄一平；一仄一平，一仄一平一仄。上
聯兩句音步的平仄，跟下聯兩句音步的平仄相反。再看上聯兩
句，第一句"一平一仄"，第二句"一平一仄一平"，第一句作"一
平一仄"，第二句前兩個音步為甚麼也作"一平一仄"呢？因為第
二句倘作"一仄一平一仄"，末一個音步是"一仄"，與第一句末
一句音步"一仄"相同，作為上聯，兩句末一個音步避免相同，
所以第二句只有作"一平一仄一平"。這裏三聯，不再限於四字
一句，兩句一聯了。

三　觀置辭

　　再看吳均《與顧章書》，就對偶說，有四對，屬於對偶格。此
外如開頭四句不對，全篇是駢散結合的。《文心雕龍·麗辭》篇
講到四對，即言對、事對、正對、反對。這裏的對句都是寫景，
該是景對。反對是上下聯一正一反，這是沒有一反，都是正對。
再像"英英"引自《詩經》，"仁智所樂"引自《論語》，是修辭的
引用格。再看王勃的名句"落霞與孤鶩齊飛，秋水共長天一色"，
是摹仿庾信《華林園馬射賦》"落花與紫蓋齊飛，楊柳共春旗一
色"（《庾子山集》卷一），是修辭上的仿擬格。不過王勃這兩句寫
景闊大，勝過庾信兩句，雖然摹仿，卻更有名。

四　觀篇章

　　觀篇章，在"觀詞句"裏引的《論語》，是散文，是按照命意
用語言來表達，跟說話近似，不求對偶，但也不避對偶。像上引
《論語》"子路問事君"是散文，又"君子和而不同"兩句是對偶。

從命意説都是宣揚民主精神的。再看吳均《與顧章書》是駢文既以對偶句為主，也夾雜一些散文句。就命意説，是讚美山川之美的，也表達了對幽居的愛好。寫的不是靜態美，是從靜中見動。如"森壁爭霞"，森嚴的許多崖壁爭奪霞光，實際上是霞光照在許多崖壁上，由於照射的角度不同，呈現各種色彩，正像鮑照《登大雷岸與妹書》説的："從嶺而上，氣盡金光，半山以下，純為黛色。"（《六朝文潔》卷七）在霞光直照處呈金色，霞光照不到處，呈黛色，霞光斜照處當是又一種色調。這裏用"爭霞"，把崖壁擬人化了。"孤峰限日"，好像在限止日光照射，也擬人化了。"幽岫含雲"，深谷裏都是雲，使人想像山谷中的雲海。"深溪蓄翠"，見得溪深水碧。再加上各種聲音構成音韻。歸結到"仁智所樂"，即仁者樂山，智者樂水，把熱愛山水跟仁智結合，這就是本篇的命意所在。再看這裏引王勃的對偶句，是寫景的，寫景物的美好。"虹銷雨霽，彩徹雲衢"，寫景有動態，有色彩。"落霞"兩句是寫所見，"漁舟"兩句是寫所聞。在"雁陣驚寒"兩句裏有感情，聽見雁叫，引起驚寒的感情，當和秋天有關。

五　觀體性

　　觀體性，即觀定勢和風格。先看定勢，《文心雕龍・定勢》："勢者，乘利而為制也。如機發矢直，澗曲湍回，自然之趣也。圓者規體，其勢也自轉；方者矩形，其勢也自安，文章體勢，如斯而已。"如河床陡，水流急，河床坦，水流緩；圓形物容易滾動，方形物比較穩定，這就是定勢。如上引"子路問事君"章，按照語言的自然來寫，説明散文的體勢比較自然。再像上引吳均的駢文，把"森壁"跟"孤峰"並列起來說，把"幽岫"跟"深溪"並列起來說，把"蟬吟鶴唳"跟"水響猿啼"並列起來說，這樣寫，是把看到的、聽到的分別排列起來說，這是人工的安排，不像有的遊記，先看到甚麼就先寫甚麼，按看到的、聽到的先後來寫，像柳宗元的"永州八記"。後者的寫法是乘着自然來寫的，前者是按照看到的、聽到的加以人工的組合來寫的。這兩者的體勢就不同了。再像王勃的幾聯，從看到的景物說，應說先是雨停了，才有彩虹，不是彩虹消散了才雨停。鶩指野鴨，是向上飛的。霞指彩霞，彩霞佈滿高空，從高空到低空，是不會飛，說飛是比喻。這裏不是按照看到的先後來寫，作"雨霽虹銷"，卻作"虹銷雨霽"，這是適應上下聯平仄調配的需要。這裏說"雁陣驚寒，聲斷衡陽之浦"，王勃在南昌，離衡陽極遠，提到衡陽，只是用典和想像。這樣，他把看到聽到的景物，另作安排，加上想像，是適應音節和對偶的需要來寫的，這是一種定勢。柳宗元寫山水記，

永州小景（鈷鉧潭遺址）

按照先看到甚麼先寫甚麼，是順着自然之勢。吳均、王勃的寫景物，是就看到聽到的另作安排的勢，這是兩種不同的定勢。再就風格看，"子路問事君"的風格是樸素而精練的，吳均、王勃的文辭，風格是清麗的。

六　觀通變

　　觀通變，通觀歷代文章的變化。上面引梁朝人吳均描寫的山水，概括山水美的特點來寫，寫森壁、孤峰和幽岫、深溪，寫蟬吟、鶴唳、水響、猿啼，寫菊花和竹實。再像著名的吳均《與宋元思書》，寫"夾岸高山，皆生寒樹，負勢競上，互相軒邈，爭高直指，千百成峰。泉水激石，泠泠作響；好鳥相鳴，嚶嚶成韻。蟬則千轉不窮，猿則百叫無絕"（《六朝文潔》卷七）。也在寫山的爭高、泉的作響，寫鳥鳴蟬叫猿啼。雖辭句不同，總是概括地寫那裏的山水景物。這種寫法，在唐朝柳宗元筆下的"永州八記"裏，就全變了。他不是概括地寫，而是具體地寫。如《小石潭記》寫潭水游魚，作：

　　　　潭中魚可百許頭，皆若空游無所依。日光下徹，影佈石上，怡然不動，俶爾遠逝，往來翕忽，似與遊者相樂。（《柳宗元集》卷二九）

再觀詞句。怡（yí），呆呆地。俶，開始。翕忽，迅疾貌。這裏寫潭水游魚，寫明魚約百把條，像在空中浮游，不寫水，卻寫出水的清澄。日光照下來，魚影分佈在石上，再寫水的清澄，寫出魚影畫來。寫魚，一會兒呆呆不動；一會兒開始游向遠處，很快地來回，好像和遊人相互為樂。再觀宮商，這是散文，不用駢文，不講平仄，與吳均一篇不同。觀辭格，文中"皆若空游無所依"，"若空游"即屬修辭中的比喻格。又"怡然不動"，"怡然"，呆呆地，即修辭中的摹狀格。"似與遊者相樂"，本於《莊子·秋水》篇："莊子曰：'儵魚出游從容，是魚之樂也。'"這裏講魚樂，本於莊子，是修辭的引用格，屬於引用中的暗用。四觀篇章，這篇的命意謀篇，表現在後面的一段裏：

坐潭上，四面竹樹環合，寂寥無人，淒神寒骨，悄愴幽邃。以其境過清，不可久居，乃記之而去。

這裏寫那裏過於靜寂，這種靜寂一直侵入到靈魂裏，使人感到幽深悲涼，不宜久留。在這裏，實際是反映他貶官到永州時的淒苦心情。在永州，離開了朝廷，離開了一起參與政治革新運動的友人，離開了政治鬥爭，感到了幽邃悲涼，藉景物來透露這種悲涼的心境。這是他寫山水記的情緒，這是四觀篇章，接觸到他的命意謀篇。這篇《小石潭記》，結合對潭水游魚的細緻描繪，寫得生動美好。先看到甚麼先寫甚麼，看到魚的活動就寫出魚的活動來，按照景物的自然來寫，寫得合乎自然，這是定勢。它的風格是清麗而淒冷，跟上引吳均的記山水又有些不同了。

再看宋朝范仲淹的《岳陽樓記》，寫法既不同於梁代吳均的寫山水，也不同於唐代柳宗元的山水記。吳均的寫山水，是概括地寫山水景物之美，用駢文，反映"仁智所樂"的心情。柳宗元的山水記，是具體地描繪景物，用散文，反映貶官後的淒苦心

岳陽樓

情。范仲淹的《岳陽樓記》，主要是寫"遷客騷人，多會於此，覽物之情，得無異乎？"寫別人登樓觀景所引起的不同感情，跟吳均、柳宗元的寫自己的感受不同。范仲淹通過別人覽物之情的或憂或喜，引出"古仁人之心，或異二者之為"，即"不以物喜，不以己悲"，歸結到"先天下之憂而憂，後天下之樂而樂歟？"（《古文觀止》卷九）那就比吳均的"以物喜"，柳宗元的"以己悲"高了，是憂民憂國，要在國泰民安以後才談得上自己的樂，這種高尚的胸襟，在命意謀篇上遠遠超出吳均、柳宗元了。

再看寫法，吳均是概括地寫山水之美，柳宗元是具體地寫山水之美。范仲淹概括那裏的景物，作"予觀夫巴陵勝狀，在洞庭一湖。銜遠山，吞長江，浩浩湯湯，橫無際涯。朝暉夕陰，氣象萬千。此則岳陽樓之大觀也，前人之述備矣”。他概括那裏的景物，有湖，有山，有朝暉夕陰的變化，但用一筆帶過，説“前人之述備矣”，我可以不講了。這就跟吳均概括地寫山怎樣美，水怎樣美，景物怎樣美的不同了。他也具體地描繪景物，像“若夫淫雨霏霏，連月不開。陰風怒號，濁浪排空。日星隱曜，山嶽潛形”；又像“至若春和景明，波瀾不驚，上下天光，一碧萬頃。沙鷗翔集，錦鱗游泳。岸芷汀蘭，鬱鬱青青。而或長煙一空，皓月千里，浮光耀金，靜影沉璧”。類似這樣的描寫，比吳均的寫景要細緻，跟柳宗元的寫景又不同。柳是具體地描繪他所見的景物，這裏是描繪景物的變化，在風雨交加時的景物是怎樣的，在春和景明時的景物是怎樣的，春和景明時白天是怎樣的，月下又是怎樣的，這就跟柳宗元的寫法又不同了。

再看文體，吳均是駢文，講對偶，講宮商。柳宗元是散文，不講對偶，不講宮商。范仲淹這篇是駢散結合。從開頭的“慶曆四年春”到“前人之述備矣”，是散文，中間只有“銜遠山，吞長江”是對偶，但不講宮商，即是平——仄平，平——平平，都是兩個平音步，不是一平一仄，不合宮商的調配。在描寫景物時，又不避對偶，像“陰風怒號，濁浪排空。日星隱曜，山嶽潛形”，像“沙鷗翔集，錦鱗游泳”，“長煙一空，皓月千里，浮光耀金，靜影沉璧”，這些句子都是對偶。其中像“日星”兩句，“長煙”兩句，“浮光”兩句，既是對偶，又符合平仄的調配。這樣寫，引起當時古文家尹洙的不滿，批評《岳陽樓記》是“唐傳奇體”。唐人傳奇描寫景物多用對偶，古文家反對用對偶，所以提出批評。我們認為敍事説理當用散文，描寫景物時不妨用駢文，駢散結合是可以的。

這樣看來，梁代吳均的寫法是一種，唐代柳宗元的寫法是另一種，宋代范仲淹的寫法是又一種，從詞句到辭格到命意謀篇都不同，這就屬於六觀通變了。觀通變，從不同朝代來看就看得更明白了。劉勰在《通變》裏講："是以九代詠歌，志合文則。"他是從九代創作的變化來看的，指出這種通變是合乎創作的規律的。這也説明創作要求創新。唐朝人不願跟着六朝人走，柳宗元在山水記上有創新。宋朝人不願跟着唐朝人走，在山水記上也有創新。有創新才能成為歷代傳誦的名篇。這樣看來，六觀的範圍比較廣，一直觀察到歷代創作的變化。

就通變説，劉勰在《文心雕龍‧通變》篇裏講："通變無方，數必酌於新聲。"可見通變是以變化的新聲為主。但劉勰也講："變則可久，通則不乏。"除變以外，還有通。以上只講變，不講通，在這裏還得補講通。如柳宗元的《小石潭記》，變吳均的寫山水，這是變，那又有甚麼通呢？錢鍾書先生《管錐編》引《水經注‧洧水》，"綠水平潭，清潔澄深，俯視游魚，類若乘空矣"（中華書局，1456 頁）。這個"游魚"、"乘空"的寫法，跟"空游"一致，可見柳宗元的寫法，雖不同於吳均，還是跟六朝《水經注》的寫法相通的。再像范仲淹的寫法，陳師道《後山詩話》引尹洙批評為"傳奇體"，説他寫景用駢體，這也説明他的寫法有與六朝和唐朝駢文相通的地方。至於他的憂民憂君之心，也與前人的忠君愛民相通。不過他們的成功處還在於變。柳宗元寫的空游，寫的魚影畫，還是跟"乘空"有所不同。范仲淹的寫景，也是創造，他的"先天下之憂而憂，後天下之樂而樂"，也是創造，所以通變還是以新變為主。

再説，不僅歷代的文章講通變，就是一代的文章也講通變。如宋朝的文章，范仲淹的《岳陽樓記》寫出"先天下之憂而憂，後天下之樂而樂"的抱負，這是新的寫法；用駢語寫景物，這是繼承六朝和唐朝的駢文寫法。再看歐陽修的《醉翁亭記》，他沒有寫自己的抱負，跟范仲淹的寫法不同。他在慶曆四年（1044）上《朋黨論》，被認為是范仲淹的同黨，次年被貶為滁州知州。但他寫的《醉翁亭記》，跟上引的柳宗元的《小石潭記》寫法也不同。《小石潭記》寫出在小石潭那裏的"淒神寒骨，悄愴幽邃"，來透露他貶官永州的淒苦心情。《醉翁亭記》只寫樂，沒有寫他貶官滁州的痛苦心情。但他對於因范仲淹主張革新失敗而被貶官的情緒，還是隱約地透露的。他在慶曆六年（1046）寫這篇記時，只有虛年齡四十歲，卻自稱"醉翁"，又説："醉翁之意不在酒，在乎山水之間也。山水之樂，得之心而寓之酒也。"（《古文觀止》卷十）既然意不在酒，為甚麼稱"醉翁"？既然意"在山水之間"，為甚麼又説"山水之樂，得之心而寓之酒也"？心樂山水，就可盡量欣賞山水之美，為甚麼要"寓之酒"呢？"飲少輒醉"，一醉就無法欣賞山水之美了。這裏隱約透露出對貶官的不滿。"醉翁之意不在酒"，在借酒消愁，所以"飲少輒醉"，一醉就可以消愁。"山水之樂"也不過用來自己排解，但還不能排解，所以要"寓之酒"了，還得靠酒來消愁。自己未老而稱翁，表達自己被朝廷貶斥，似已老而無可大用，也有不滿之意。這樣，他在文中所表達的心情是非常隱約的，在文中所寫的，只是"山水之樂"，"人知從太守之遊而樂，而不知太守之樂其樂也"。這樣寫，既不同於柳宗元的結合景物來寫淒苦心情，也不同於范仲淹的寫抱負，也不同於吳均的欣賞山川之美，這是新變。

再就寫景說，《醉翁亭記》作：

若夫日出而林霏開，雲歸而巖穴暝，晦明變化者，山間之朝暮也。野芳發而幽香，佳木秀而繁陰，風霜高潔，水落而石出者，山間之四時也。

醉翁亭

這幾句寫山間朝暮和四時景物的變化，"日出"兩句是對偶，"野芳"兩句也是對偶，這是不避對偶。"野芳"兩句，一句寫春景，一句寫夏景，是對偶的。但"風霜高潔"寫秋景，"水落而石出"，寫冬景，又避免對偶；倘作"風高霜潔"，"水落石出"，就對偶了。可見雖不避對偶，還是避免多用對偶，這又通於先秦兩漢的古文了。

就通變說，不但一代的散文講究通變，就是一人的散文也講究通變。如歐陽修的《豐樂亭記》，寫他貶官到滁州，在州南的山上建亭來欣賞景物之美，用意跟《醉翁亭記》又不同，是結合滁州來讚美宋朝完成統一大業。《豐樂亭記》說：

> 滁於五代干戈之際，用武之地也。昔太祖皇帝嘗以周師破李景兵十五萬於清流山下，生擒其將皇甫暉、姚鳳於滁東門之外，遂以平滁。……自唐失其政，海內分裂，豪傑並起而爭，所在為敵國者，何可勝數。及宋受天命，聖人出而四海一。向之憑恃險阻，剗削消磨。百年之間，徒見山高而水清。……民生不見外事，而安於畎畝衣食，以樂生送死。而孰知上之功德，休養生息，涵煦於百年之深也。（《古文觀止》卷十）

在遊記裏插上一段議論，讚美宋朝的統一大業，跟《岳陽樓記》的簡約地指出自己抱負的寫法又不同。再像寫風景，這篇裏作："掇幽芳（春）而蔭喬木（夏），風霜冰雪，刻露清秀（秋冬）。"寫四季的景物只用兩句，避免對偶。倘作："掇幽芳，蔭喬木，風霜刻露，冰雪清秀"，就成為兩個對句了。這說明在寫景上也有變化了。

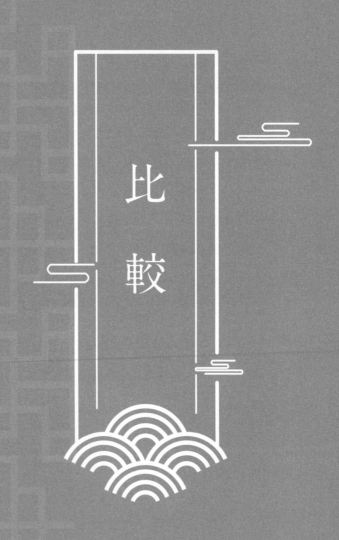

比較

在《六觀》裏提到觀通變，已有比較的意思。劉勰在《文心雕龍·通變》裏説 "黃唐淳而質，虞夏質而辨，商周麗而雅" 等，即認為黃帝唐堯時代的作品淳厚而質樸，虞舜夏禹時代的作品質樸而明晰，商周時代的作品華麗而典雅，是從各時代的文風來説的。這裏講的比較，是就具體作品來説的，通過比較來辨別作品的高下得失，有利於作出評價來。

一　命意同而辭有繁簡

陳騤《文則》甲四裏就有比較，説："劉向（《説苑·君道》）載泄冶之言曰：'夫上之化下，猶風靡草（風吹草倒），東風則草靡而西，西風則草靡而東，在風所由（從來），而草為之靡。'此用三十有二言而意方顯。及觀《論語》（《顏淵》）曰：'君子之德風，小人之德草，草上之風必偃。'此減泄冶之言半，而意亦顯。又觀《書》（《君陳》）曰：'爾惟風，下民惟草。'此復減《論語》九言而意愈顯。吾故曰是簡之難者也。"在這裏，作者認為越簡越好，把三處講同一個意思的話來作比較，作出愈簡愈好的評論，所以稱《君陳》的話愈簡"而意愈顯"。

再看原文，《君陳》是周公死後，周成王命令大臣名君陳的代周公辦事，君陳原在周公領導下辦事，成王對君陳說："凡人未見聖，若不克（能）見，既見聖，亦不克由聖（不能從聖人學好）。爾惟風，下民惟草。"（《尚書》卷六）這裏在講一般人見了聖人，也不能學聖人，是從教化角度說的。從教化說，你是大臣，你跟下民的關係，像風跟草。這裏的意思即你是大臣，大臣跟聖人不同，大臣有政治權力，所以你對下民，更具有風吹草倒的力量，教化的效果更好。這個意思跟上文講聖人的話結合起來，君陳一聽就明白，所以不用多說。再看《論語・顏淵》："季康子問政於孔子，曰：'如殺無道以就有道，何如？'孔子對曰：'子為政，焉用殺？子欲善而民善矣。君子之德風，小人之德草，草上之風必偃。'"季康子是主張刑殺的，因此對他不能光講風吹草倒，因為風吹草倒也可以比刑殺，用刑殺也可以使民畏伏，所以孔子不能講"爾惟風，下民惟草"，一定要點明"君子之德"、"小人之德"，即點明德教，不是刑殺，指出在上的德教也可以使在下的民服從。因為情況不同，不得不多說一些。再看《君道》："陳靈公行僻而言失，泄冶曰：'陳其亡矣。吾驟諫君，君不我聽而愈失威儀。夫上之化下，猶風靡草。東風則草靡而西，西風則草靡而東，在風所由，而草為之靡。是故人君之動，不可不慎也。'"

（《説苑》卷一）泄冶説"吾驟諫君"，"驟"指屢次，他多次進諫，君不聽。他所以用"陳其亡矣"的危言聳聽，讓陳靈公所親信的人聽到了這種危言去轉告靈公，所以要説得特別詳盡，點明"上之化下"，不提"君子之德"，因為陳靈公已經談不上德了。説得這樣詳，也是情況的需要。這樣看來，《文則》認為文章愈簡愈好的看法是不恰當的，文章要適應情況的需要來確定繁簡，繁簡是屬於風格的繁豐和簡約，只要用得合適，繁簡都好。像以上三例，都表達得合適，都是好的，不能認為愈簡愈好。

錢鍾書先生《管錐編》176 頁《左傳》莊公十年：

"其鄉人曰：'肉食者謀之，又何間焉。'"按《説苑·善説》篇記東郭祖朝上書晉獻公問國家之計，獻公使告之曰："肉食者已慮之矣，藿食者尚何與焉？"祖朝曰："食肉者一旦失計於廟堂之上，臣等之藿食者寧無肝腦塗地於中原之野與？"曹劌謂"肉食者鄙，未能遠謀"，尚含意未申，得祖朝之對庶無剩義。

錢先生在這裏講的，也是意同而辭有繁簡，但跟上一例稍有不同。上例繁簡之説，只是因上下文的情境不同而有異，這例的繁簡牽涉到有無剩義，只有照繁的説法，才能把意義説得完足。

二　命意同而辭有差異

《左傳》昭公二十年：

齊侯至自田（打獵），晏子倚於遄台。子猶（梁丘據）馳而造焉。公曰："惟據與我和夫。"晏子對曰："據亦同也,焉得為和?"公曰："和與同異乎?"對曰："異。和如羹焉,水火醯醢鹽梅(醋、肉醬、鹽、梅,調味品),以烹魚肉,燀(燃燒)之以薪,宰夫和之,齊之以味(使調味恰當),濟其不及,以泄其過。君子食之,以平其心。君臣亦然,君所謂可,而有否焉,臣獻其否,以成其可。君所謂否,而有可焉,臣獻其可,以去其否。是以政平而不干,民無爭心。……今據不然,君所謂可,據亦曰可;君所謂否,據亦曰否。若以水濟水,誰能食之?若琴瑟之專一,誰能聽之?同之不可也如是。"

《國語・鄭語》:

(桓)公曰："周其弊敗乎?"(史伯)對曰："殆於必弊者也。《泰誓》曰:'民之所欲,天必從之。'今王(周幽王)……去和而取同。夫和實生物(陰陽和而生物),同則不繼。以他平他謂之和(指陰陽相配),故能豐長而物歸之。若以同裨同,盡乃棄矣。故先王以土與金木水火雜以成百物,是以和五味以調口,剛(加強)四支以衛體,和六律以聰耳,……聲一無聽,物一無文,味一無果,物一不講。王將棄是類也,而與專同。天奪之明,欲無弊得乎?"

這裏的兩篇都是講"和"與"同",講同一個意思,但寫法有同有異。就同的方面說,都用烹調來作比。《左傳》講烹調要水火和調味品用得恰當;又用音樂來作比,用五音的調配得當來比。《國語》也用"和五味以調口","和六律以聰耳"來作比,這跟《左傳》相同。

更重要的，這兩篇裏講的"和"與"同"，用意不在講烹調五味和調配音樂，這兩個不過是比喻，主要的用意在於對君主的不正確的意見提請改正，使它改得恰到好處。對這個主要的意見，《左傳》裏明確提出："君所謂可，而有否焉，臣獻其否，以成其可。君所謂否，而有可焉，臣獻其可，以去其否。"這個提法，提得明確，把所以要講究"和"而反對"同"的理由，也在文中明確講了。《國語》裏只說"擇臣取諫工而講以多物，務和同也"，講得沒有《左傳》明白，這是《國語》不如《左傳》處。

錢鍾書先生《管錐編》237頁《左傳》昭公二十年：

《淮南子·說山訓》："事固有相待而成者：兩人俱溺，不能相拯，一人處陸則可矣。故同不可相治，必待異而後成"；高誘注全本晏子語。晏、史言"和"，猶《樂記》云："禮者，殊事合敬者也，樂者，異之合愛者也"；"殊"、"異"而"合"，即"待異而後成"。

這裏，對"和"與"同"又提出了新的說法。

錢鍾書先生《管錐編》264頁：

……《考證》："《李斯傳》記（趙）高之言曰：'天子所以貴者，但以聞聲，羣臣莫見其面，故號曰朕。'"……趙高乃遽以通合於幾、兆（預兆）之"朕"，從而推斷君人之術。科以名辯之理，此等伎倆即所謂"字根賢論"，……陳澧《東塾讀書記》卷一二謂趙高語本於申、韓之術，秦亡由此；殊中肯綮，尚未周匝。……《禮記·禮運》孔子曰："故政者，君之所以藏身也"，鄭玄注："謂輝光於外而形體不見"；《春秋繁露·離合根》論人主"法天之行"："天高其位而下其施，藏其形而見其光"，《立元神》與《保位權》兩篇中語略同。《管子·霸言》："夫權者，神聖之所資也；獨明者，天下之利器也；獨斷者微密之營壘也"，又《心術》："人主立於陰"；《鄧析子·無厚》："為君者，滅影匿形，羣下無私"，又《轉辭》："明君之御民……故神而不可見，幽而不可見"（按二"見"字之一或為"知"字）；《申子·大體》："故善為主者，倚於愚，立於不盈，設於不敢，藏於無事，竄端匿疏"，"竄端"謂不露端倪，"匿疏"謂必掩疏隙；《鬼谷子·謀篇》："故聖人之道陰，而愚人之道陽。……聖人之制道，在隱與匿"，又《摩篇》："主事日成而人不知，主兵日勝而人不畏也；聖人之謀立於陰，故曰神，成之於物，故曰明。"……《關尹子·一宇》："吾道如處暗；夫處明者不見暗中一物，而處暗者能明中區事。"《韓非子》尤三致意焉。《主道》："道在不可見。用在不可知，虛靜無事，以暗見疵。……掩其跡，匿其端，下不能原"；《揚權》篇："上因閉內扃，從室視庭"；他如《二柄》篇論人主當"掩其情，匿其端"，……蓋"主道"在乎"夜行"，深藏密運，使臣莫能測度，乃九流之公言，非閹豎之私說。……莎士比亞劇中英王訓太子，謂無使臣民輕易瞻仰，見稀，則偶出而眾皆驚悚；柏克談藝，論晦出能起畏怖，亦舉君主深居九重為證；波沃爾謂帝王尊威亦頗由於隱秘，故有以日藏雲後為紋章示意者。用心異於趙高之蓄心，而命意則同乎趙高之陳意矣。……趙高之心陰欲二世"貴而無位，高而無民"，如"亢龍有悔"也，而其言則陽勸二世"天德不可為首"，如"羣龍無首吉"爾；……乃心固欲二世雖號"皇帝"而實為"皇"不為"帝"（參見《漢書·高帝紀》下"尊太公曰太上皇"句顏師古注）。

錢先生在這裏指出，趙高教二世使羣臣但聞聲而莫見其面，以下引好多書中的各種說法，都是這個意思，即命意相同而各種說法不同。錢先生又指出："用心異於趙高之蓄心，而命意則同乎趙高之陳意矣。"即這裏引的各家各種說法，命意與趙高的說法相同，也即命意同而說法不同。還有一點即命意同而用心不同。就命意說，趙高跟各家的說法相同，即君主要隱蔽起來處在暗處，讓羣臣在明處，這樣，羣臣的一舉一動，君主都看見，君主可以作出處理。羣臣看不見君主，更顯出君主的威嚴。各家這樣講，是在講君主怎樣運用權術來駕御臣下，用意在尊君，在宣揚君主專制，在把君主神化。趙高這樣講，要使二世皇帝高高在上，脫離臣下，即使二世皇帝"為'皇'而不為'帝'"。《漢書·高帝紀》"尊太公曰太上皇"句顏師古注："師古曰：'太上極尊之稱也。皇，君也。天子之父故號曰皇，不預治國，故不言帝也。'"趙高說這話的用意，要二世皇帝做傀儡皇帝而沒有實權，實權歸趙高掌握。錢先生在這裏又指出陳澧說的"趙高語本於申、韓之術，秦亡由此"。就是趙高的說法是一種權術，運用這種權術，會造成秦朝的滅亡。照趙高的說法，他的用心，要二世成為傀儡，大權歸他掌握，這樣，秦朝假使不為農民起義推翻，也要落到趙高手裏，也要滅亡。再說，趙高講的本於申、韓之術，即使君主神化，即君權絕對化。《韓非子・忠孝》篇説：“臣事君，子事父，妻事夫，三者順則天下治，三者逆則天下亂，此天下之常道也，明王賢臣而弗易也。則人主雖不肖，臣不敢侵也。”君主即使不肖，臣子也不敢侵犯，也要順着他。這跟孔子講的話相反。《論語・憲問》：“子路問事君，子曰：‘勿欺也，而犯之。’”犯即犯顏諫諍，要對君主提意見，怎麼提意見呢？就在上面講的“君子和而不同”，就要“和”。韓非卻要對君主順，君主不肖也要順從。《論語・子路》裏孔子指出君主倘然“惟其言而莫予違”，“如不善而莫之違也，不幾乎一言而喪邦乎！”秦二世時，權操在趙高手裏，是“不善而莫之違也”，所以秦朝就滅亡了，應了孔子的話。説明趙高講的或申、韓講的要君主神化，即封建專制，會造成亡國。反對君主神化，反對封建專制，提倡“和而不同”，有民主精神，才是進步的思想。

三　命意同而故事不同

《禮記・檀弓下》：

孔子過泰山側，有婦人哭於墓者而哀。夫子式（坐在車上，手靠在車前橫木致敬）而聽之，使子路問之曰：“子（你）之哭也，一似重有憂者？”而（乃）曰：“然。昔者吾舅（公公）死於虎，吾夫又死焉，今吾子又死焉。”夫子曰：“何為不去也。”曰：“無苛政。”夫子曰：“小子識之，苛政猛於虎也。”（卷一）

柳宗元《捕蛇者說》：

　　永州之野產異蛇，黑質而白章（黑體白紋），觸草木盡死。以嚙人，無禦之者。然得而臘之以為餌（風乾後作為藥物），可以已大風、攣踠、瘻、癘（治風癱、關節炎、淋巴腺結核、惡瘡等病），去死肌，殺三蟲（人體內的寄生蟲）。其始太醫以王命聚之，歲賦其二，募有能捕之者，當其租入，永之人爭奔走焉。有蔣氏者，專其利三世矣。問之，則曰："吾祖死於是，吾父死於是，今吾嗣為之十二年，幾死者數矣。"言之貌若其戚者。余悲之，且曰："若（汝）毒之乎？余將告於蒞事者，更若役，復若賦（田賦），則何如？"蔣氏大戚，汪然出涕曰："君將哀而生之乎？則吾斯役之不幸，未若吾賦不幸之甚也。向吾不為斯役，則久已病矣。自吾氏三世居是鄉，積於今六十歲矣，而鄉鄰之生日蹙。殫其地之出，竭其廬之入，號呼而轉徙，飢渴而頓踣。觸風雨，犯寒暑，呼噓毒癘，往往而死者相藉也。……今雖死乎此，比吾鄉鄰之死，則已後矣，又安敢毒耶！"余聞而愈悲。孔子曰："苛政猛於虎也。"吾嘗疑乎是，今之蔣氏觀之猶信。嗚呼！孰謂賦斂之毒，有甚於是蛇者乎？故為之說，以俟夫觀人風者得焉。（《古文觀止》卷九）

　　這兩篇文章，命意相同，但反映的生活不同。文章是反映生活的，所以柳宗元的文章，雖然命意是從《檀弓》的一篇來的，他在文中還點明是從孔子的話來的，並不因此減低了它的價值，反而因它反映的生活，比《檀弓》的一篇更為深刻，生活面更廣，因而它的影響更為深遠，勝過《檀弓》的一篇。《檀弓》的一篇，講一家三代都被虎害死，還不遷居，因為那裏沒有苛政，説明苛政猛於虎，這是有力的説明。但苛政怎樣猛於虎，沒有具體的描繪。柳宗元這篇就不同了，對苛政作了具體的描繪，講到賦税的病民，指出"殫其地之出，竭其廬之入，號呼而轉徙，飢渴而頓踣"。這樣寫還不夠，還寫賦税逼得農民"觸風雨，犯寒暑，呼噓毒癘，往往而死者相藉也"；還不夠，還寫"悍吏之來吾鄉，叫囂乎東西，隳突乎南北，譁然而駭者，雖雞狗不得寧焉"。再把捕毒蛇和交納賦税相比，指出前者"蓋一歲之犯死者二焉，其餘則熙熙而樂，豈若吾鄉鄰之旦旦有是哉！今雖死乎此，比吾鄉鄰之死，則已後矣，又安敢毒耶！"通過這樣對比，更顯出苛政猛於虎的罪惡來。這樣，這篇的命意雖然從《檀弓》來，但由於它在反映生活的深度和廣度上遠遠超過《檀弓》，所以還是成為傳誦的名篇。

四　命意相似而有差異

　　命意相似而有差異，指提法稍有不同，用意是一致的。如司馬遷《報任少卿書》（《古文觀止》作《報任安書》）：

　　古者富貴而名磨滅，不可勝記，惟倜儻非常之人稱焉。蓋文王拘而演《周易》，仲尼厄而作《春秋》，屈原放逐，乃賦《離騷》，左丘失明，厥有《國語》，孫子臏腳，兵法修列，不韋遷蜀，世傳《呂覽》，韓非囚秦，《説難》、《孤憤》，《詩》三百篇，大底賢聖發憤之所為作也。此人皆意有所鬱結，不得通其道，故述往事，思來者。乃如左丘無目，孫子斷足，終不可用，退

而論書策以舒其憤，思垂空文以自見。（《文選》卷四一）

司馬遷因為李陵投降匈奴後，替李陵説了幾句話，被漢武帝判罪，受了腐刑。受刑以後，他要發憤寫完《史記》，所以説了上面的一段話，指出從周王到韓非，包括《詩》三百篇，都是"賢聖發憤之所為作也"，提出發憤著作説。雖然呂不韋在遷蜀以前命門客替他著書，韓非在韓國就著作了《説難》、《孤憤》，不過他要借來説明自己受刑後的發憤著書，所以這樣説。因此他重複提到"左丘無目，孫子斷足"，正結合他自己受腐刑説的。

唐朝韓愈寫了《送孟東野序》：

大凡物不得其平則鳴，草木之無聲，風撓之鳴；水之無聲，風蕩之鳴。其躍也或激之，其趨也或梗之，其沸也或炙之。金石之無聲，或擊之鳴。人之於言也亦然，有不得已者而後言，其歌也有思，其哭也有懷。凡出乎口而為聲者，其皆有弗平者乎？樂也者，鬱於中而泄於外者也，擇其善鳴者而假之鳴。（《古文觀止》卷八）

這段講"不平則鳴耳"，提法和"發憤之所為作"不同。但"發憤之所為作"，指"此人皆意有所鬱結"，"退而論書策以舒其憤"；與韓愈講的"鬱於中而泄於外"是一致的，所以提法雖不同而命意相似。但由於提法不同，因而提到各種不同的物各有各的不平則鳴，這樣就與"發憤之為作"不同了。但兩者也有類似處，"發憤之所為作"，舉出從文王到韓非，即聖賢人來。"不平則鳴"，也舉出"擇其善鳴者而假之鳴"，這也是兩者有相似處。不過就

"賢聖發憤之所為作"，所舉的人，不如"不平則鳴"所舉的人多，講"不平則鳴"，歷舉各個時代的人，又舉出各種不同的鳴，如"莊周以其荒唐之辭鳴"，還有"以道鳴"，"以其術鳴"，"以其所能鳴"，"以其詩鳴"。這樣，雖然命意相似，寫得有變化，就顯得不同了。

歐陽修《梅聖俞詩集序》：

予聞世謂詩人少達而多窮，夫豈然哉？蓋世所傳詩者，多出於古窮人之辭也。凡士之蘊其所有而不得施於世者，多喜自放於山巔水涯之外，見蟲魚、草木、風雲、鳥獸之狀類，往往探其奇怪，內有憂思感憤之鬱積，其興於怨刺，以道羈臣寡婦之所歎，而寫人情之難言，蓋愈窮則愈工。然則非詩之能窮人，殆窮者而後工也。（《古文觀止》卷十）

這段講"窮而後工"，提法與"發憤之所為作"及"不平則鳴"不同，但用意相似。這裏也講有"憂思感憤之鬱積"，"寫人情之難言"，跟"發憤之所為作"，與"鬱於中而泄於外"是一致的。但由於提法不同，論點也有變化。既講"窮而後工"，就從為甚麼"窮而後工"談起，談到窮跟工的關係，這就跟"不平則鳴"的從"不平"來講不同了。再說，就"不平則鳴"來講，講到"擇其善鳴者而假之鳴"，講到歷代的善鳴者有甚麼人，講到他們以甚麼鳴，使"不平則鳴"這篇的論點，不同於"發憤之所為作"，成為新的創作。到"窮而後工"，就結合梅堯臣的詩來講，講他"累舉進士，輒抑於有司，困於州縣，凡十餘年。年今五十，猶從辟書（聘書），為人之佐"，即寫他的窮。這就寫得跟"不平則鳴"的歷舉各代善鳴者的寫法不同了。不過在不同之中又有相似的。韓愈講"不平則鳴",歸到:"抑不知天將和其聲而使鳴國家之盛耶?抑將窮餓其身,思愁其心腸,而使自鳴其不幸耶?"這是對孟郊說的,不知他將來能得意而為唐朝歌誦呢,還是不得意而自鳴其不幸。歐陽修的講"窮而後工",也聯繫到梅堯臣,"若使其幸得用於朝廷,作為雅頌以歌詠大宋之功德,薦之清廟,而追商周魯頌之作者,豈不偉歟!奈何使其老不得志而為窮者之詩,乃徒發於蟲魚物類、羈愁感歎之言"。這跟韓愈對孟郊的說法也是一致的,希望他得意而為朝廷歌誦功德,不要老是窮困感歎。這樣,這兩篇文章的論點有相似的,也有變化。總的說來,以提法不同而有變化為主,所以不是摹仿而是創作,都成為名篇。可見命意相似的,只要有新的提法,寫得有變化,也都可以成為名篇。不過這兩篇也有些欠缺,如韓愈講"不平則鳴",卻希望孟郊得意而"使鳴國家之盛",倘孟郊得意了,就談不上不平了,他得意而"鳴國家之盛",更談不上"不平則鳴",違反了全篇的論點了。歐陽修提出"窮而後工",使梅堯臣得意了,用於朝廷,那他由窮變達,即不窮了。那他"作為雅頌以歌詠大宋之功德",違反"窮而後工"的論點了。這是這兩篇在理論上都有不圓滿的地方。

　　這點不夠圓滿的地方,司馬遷的"發憤之所為作"也有,即呂不韋叫門客寫《呂氏春秋》,是他在秦國掌權的得意時代,不在遷蜀以後;韓非的著書,不在囚秦以後;《詩》三百篇也有男女相悅的情歌,並不都是"發憤之所為作"的。這些不能不認為在邏輯上不夠嚴密。

五 目的同而命意不同

　　歐陽修有的文章是摹仿韓愈的，像韓愈寫《原道》，主要是辟佛教，歐陽修寫《本論》，也是辟佛教，兩篇的目的同，但命意不同，所以歐陽修的一篇還是成功之作。

　　李耆卿《文章精義》："韓退之非佛，是說吾道有來歷，浮圖（佛）無來歷，不過辨邪正而已。歐陽永叔非佛，乃謂修其本以勝之，吾道既勝，浮圖自息，此意高於退之百倍。"這裏把韓愈的《原道》跟歐陽修的《本論》比，兩者都是反對佛教的。《原道》指出他講的道，是堯、舜、禹、湯、文、武、周公、孔子、孟子相傳的道，有一個道統；佛講的道沒有類似這樣的道統。他講的道是君臣、父子相生相養之道，佛講"必棄而（汝）君臣，去而父子，禁而相生相養之道，以求所謂清淨寂滅者"（《古文觀止》卷七）。他認為不正確，即辨邪正。《本論》指出："堯舜三代之際，王政修明，禮義之教充於天下。於此之時，雖有佛無由而入，及三代衰，王政缺，禮義廢。後二百餘年而佛至乎中國。由是言之，佛所以為吾患者，乘其缺廢之時而來，此其受患之本也。補其缺，修其廢，使其政明而禮義充，則雖有佛，無所施於吾民矣，此亦自然之勢也。"（《古文辭類纂・論辨三》）從充實內部來抵制佛教，所以說他見識高過韓愈。

　　按這兩篇的目的都是辟佛，但命意不同。韓愈主張用政治力量來加以排斥，所謂"人（民）其人，火其書，廬其居，明先王之道以道之"（《原道》，見《古文觀止》）。即勒令和尚還俗，燒掉佛經，把廟宇改成民居，用儒家之道來教導他們。當時有不少人相

信佛教，他這種主張是行不通的。就這方面說，確實不如歐陽修
講的，從根本上修明政教，改善人民生活，減輕賦稅來得好。但
《原道》用儒家之道與佛教道教比，提出《大學》的誠意、正心、
修身、齊家、治國、平天下，提出儒家之所謂仁、義、道、德與
道家、佛教比，顯出儒家的學說更適合於當時的政教。就這方面
說，《原道》還是受到古人的推崇，不是《本論》所能代替的。陳
兆崙《歐文選序》：「永叔之摹韓，幾於尋聲答響，望形赴影矣，
而不病其襲，則其說是於老蘇之書，所謂態者是也。」（《紫竹山
房文集》）這裏指出歐陽修的摹仿韓愈，好在像蘇洵《上歐陽內翰
書》講的，歐陽修文章的風格柔婉與韓愈的風格剛健不一樣。按
就《本論》跟《原道》看，主要是命意不同，其次才是風格不同。
因此摹仿而沒有摹仿的痕跡，成為創作。就風格說，從上引的「人
其人」幾句看，很有決斷，雖立論不一定恰當，還是表示剛健的
風格。再看《本論》中：「及三代衰，王政缺，禮義廢，後二百餘
年而佛至乎中國，由是言之，佛所以為吾患者，乘其缺廢之時而
來，此其受患之本也。」這樣說，風格是柔婉的。歐陽修的文章，
所以成功，還是在命意的創新上。

六　事同而所記稍異

敍述同一件事的，李耆卿《文章精義》：「《國語》不如《左
傳》，《左傳》不如《檀弓》，敍晉獻公、驪姬、申生一事，繁簡可
見。」這裏講晉獻公寵愛的驪姬害死太子申生這一件事，有三種
記載，認為記得最簡的最好。說記得最簡的最好，上面已經指出
他的說法不確，可以不管。記這事不止三種，有五種，今錄下。

1.《禮記‧檀弓上》：

晉獻公將殺其世子申生，公子重耳謂之曰：“子蓋（何不）言子之志於公乎？”世子曰：“不可。君安驪姬，是我傷公之心也！”曰：“然則蓋行乎？”世子曰：“君謂我欲弒君也，天下豈有無父之國哉！我何行如之（行將何往）？”使人辭於狐突曰：“申生有罪，不念伯氏（即狐突）之言也，以至於死。申生不敢愛其死。雖然，吾君老矣，子少，國家多難。伯氏不出而圖吾君（為我君出謀劃策），伯氏苟出而圖吾君，申生受賜而死。再拜稽首乃卒，是以為恭世子也。

按這篇的主旨是講世子申生是“恭世子”，即非常恭順的世子。他的恭順表現在兩點。一，驪姬誣陷他要弒獻公，他不肯去辯明。因為一辯明，驪姬有罪要廢謫，但獻公離不開驪姬，所以他不願去辯明，這是恭順。二，狐突早勸他避到別國去，免得受害，他不聽。到受了誣陷，他寧願自殺，還是想狐突出來輔佐獻公，為國打算，所以稱恭順。這一篇，不是在記驪姬誣害申生的事，是在說明申生是恭世子。就這個命意說，這篇是寫得好的，好在充分說明了他所以是恭世子的理由，理由很具體。

2.《左傳》僖公四年：

（驪）姬謂大（太）子曰：“君夢齊姜（太子母），必速祭之。”大子祭於曲沃，歸胙（送祭過的酒肉）於公。公田（打獵），姬置諸宮六日。公至，毒而獻之。公祭之地，地墳（用酒澆地，地高起）。與犬（以肉與犬），犬斃，與小臣，小臣亦斃。姬泣曰：“賊由大子。”大子奔新城。公殺其傅杜原款。

或謂大子，子辭（辯明），君必辨焉。大子曰："君非姬氏，居不安，食不飽。我辭，姬必有罪。君老矣，吾又不樂。"曰："子其行乎？"大子曰："君實不察其罪，被此名也以出，人誰納我。"十二月戊申，縊於新城。

《左傳》這篇是記事，對驪姬害死申生的事作了全面的敍述，跟《檀弓》的只説"晉獻公將殺其世子申生"不同。因此，不能説《檀弓》勝過《左傳》。但《檀弓》的主旨在説明申生為"恭世子"，不在記申生怎樣被害的事，所以也不能説《左傳》這篇勝過《檀弓》，這兩篇的性質不同，不能用敍事的詳略來分優劣。《檀弓》裏有申生"使人辭於狐突曰"的一段話，《左傳》裏沒有。這段話説明申生將死前還關心國事，關心"君老，子少"，即關心獻公和驪姬生的兒子奚齊，要狐突出來輔助他們，這正突出申生的恭慎，這些話在《檀弓》這篇裏是必要的。在《左傳》這篇記事裏就不一定必要了，因為《左傳》裏沒有提到"恭世子"的話，沒有稱他恭慎，這些話跟申生被害而死關係不頂密切，所以就不説了。

3.《國語·晉語二》：

驪姬以君命命申生曰："今夕君夢齊姜，必速祀而歸福（送祭肉來）。"申生許諾，乃祭於曲沃，歸福於絳，公田，驪姬受福，乃置鴆（毒）於酒，置堇（烏頭，毒）於肉。公至，召申生獻。公祭之地，地墳，申生恐而出。驪姬與犬肉，犬斃；飲小臣酒，亦斃。公命殺杜原款（申生之傅），申生奔新城。

杜原款將死，使小臣圉告於申生曰："款也不才，寡智不敏，不能教導，以至於死。不能深知君之心度，棄寵求廣土而竄伏焉，小心狷介，不敢行也，是以言至而無所訟之也，故陷於大難，乃逮（及）於讒。然欵也不敢愛（惜）死，惟與讒人鈞（均）是惡也。吾聞君子不去情，不反讒，讒行身死可也，猶有令名（好名聲）焉。死不遷情，強也，守情説（悦）父，孝也；殺身以成志，仁也；死不忘君，敬也。孺子勉之，死必遺愛，死民之恩（死在人民懷念中），不亦可乎？"申生許諾。

人謂申生曰："非子之罪，何不去乎？"申生曰："不可。去而罪釋，必歸於君，是怨君也。章父之惡，取笑諸侯，吾誰向而入。內困於父母，外困於諸侯，是重困也；棄君去罪，是逃死也。吾聞之，仁不怨君，智不重困，勇不逃死。若罪不釋，去而必重，去而罪重，不智；逃死而怨君，不仁；有罪不死，無勇。去而厚怨，惡不可重，死不可避，吾將伏以俟命。"驪姬見申生而哭之，曰："有父忍之，況國人乎？忍父而求好人（取好於人），人孰好之？殺父以求利人（求利於人），人孰利之，皆民之所惡也，難以長生。"驪姬退，申生乃雉經（吊死）於新城之廟。將死，乃使猛足言於狐突曰："申生有罪，不聽伯氏以至於死。申生不敢愛其死，雖然，吾君老矣，國家多難，伯氏不出，奈吾君何！伯氏苟出而圖吾君，申生受賜以至於死，雖死何悔。"是以謚為共（恭）君。

這篇比《左傳》的一篇，多出杜原款勸申生自殺的話，多出驪姬促申生自殺的話，多出申生使人告狐突的話，即把《檀弓》裏申生告狐突的話也加進去了。上面指出《左傳》裏沒有記載申生死後謚為共君，所以不載他告狐突的話。《國語》裏記載了申生"謚

《國語》書影

為共君”，所以記下了他告狐突的話。不過這兩段話裏，有點小的不同：《檀弓》裏說“吾君老矣，子少”，《國語》裏沒有“子少”。這點差別，說明《檀弓》的作者，認為驪姬把申生害死以後，一定要使她的兒子奚齊繼承君位，奚齊還小，所以要狐突出來輔佐奚齊。《國語》的作者，認為驪姬把申生害死以後，也不可能使她的兒子奚齊繼承君位，因為申生還有弟弟夷吾、重耳會繼承君位的，所以不提“子少”了。

再看《左傳》裏不提杜原款和驪姬的兩段話，申生講的話也比《國語》裏記的簡單，為甚麼？《左傳》裏寫申生自殺，一是不願自明，因為"君非姬氏，居不安，食不飽。我辭，姬必有罪。君老矣，吾又不樂"。體會到獻公的離不開驪姬，自明以後，獻公要失去驪姬，會感到痛苦。他不願獻公感到痛苦，不肯自明。他又不肯逃走，認為他帶着弒父弒君的惡名，沒有地方可逃，顯出他的潔身自好。這樣，從他的性格看，除了自殺，沒有路好走。因此，他的自殺，是他性格發展的必然結果，用不到人勸，也用不到人逼迫，所以杜原款和驪姬的話都沒有必要，都不載，這是《左傳》勝過《國語》處。從申生的性格來看，這兩段話都不是必要的。

《國語》的記載有一處也與《左傳》不同。《左傳》講太子到曲沃去祭，祭後把酒肉送給獻公，是酒肉早已送去了。到驪姬誣陷申生時，申生不在旁邊。《國語》作"公至，召申生獻。公祭之地，地墳，申生恐而出"。好像酒肉沒有送去，獻公要召申生來獻酒肉。公祭之地時，申生在旁邊，看到"地墳"，就逃出去了。這段記載，以《左傳》為可信。因為申生早已把祭後的酒肉送去了，所以用不到"召申生獻"。驪姬在酒肉裏下了毒，也不願申生在旁，所以"召申生獻"和申生在旁的記載，不合理。《國語》裏記了"申生恐而出"，再寫"申生奔新城"，大概怕申生不肯死，所以加上杜原款的勸他死，驪姬的逼他死的兩段話。再說申生已經逃到新城，即曲沃，那麼驪姬要見申生，一定要到曲沃去，驪姬既誣陷申生，怎麼又敢到曲沃去見申生，這也不合理。因此，《國語》的寫法，兩處都不合情理。它加進去的兩段話，從申生的性格看，也沒有必要。因此《國語》寫得不如《左傳》。

再看《史記·晉世家》對這件事的記載，為了節省篇幅，不再全引。在談《史記》之前，先看看《穀梁傳》的記載："驪姬下堂而啼，呼曰：'天乎天乎！國，子之國也，子何遲於為君！'"《史記》寫的又有了發展。《史記》作："獻公從獵來還，宰人（管膳食的）上胙獻公，獻公欲饗之。驪姬從旁止之曰：'胙所從來遠，宜試之。'祭地地墳，與犬犬死，與小人小人死。驪姬泣曰：'太子何忍也！其父而欲弒代之，況他人乎！且君老矣，旦暮之人，曾不能待，而欲弒之。'謂獻公曰：'太子所以然者，不過以妾及奚齊之故，妾願母子避之他國，若早自殺，毋徒使母子為太子所魚肉也。始君欲廢之，妾猶恨之，至於今，妾殊自失於此。'"驪姬這段話，《左傳》、《國語》、《檀弓》裏都沒有，是從哪裏來的呢？錢鍾書先生《管錐編》166頁說："史家追敘真人實事，每須遙體人情，懸想事勢，設身局中，潛心腔內，忖之度之，以揣以摩，庶幾入情合理。蓋與小說、院本之臆造人物、虛構境地，不盡同而可相通；記言特其一端。《韓非子·解老》曰：'人希見生象也，而得死象之骨，按其圖以想其生也；故諸人之所以意想者，皆謂之象也。'斯言雖未盡想像之靈奇酣放，然以喻作史者據往跡、按陳編而補缺申隱，如肉死象之白骨，俾首尾完足，則至當不可易矣。《左傳》記言而實乃擬言、代言，謂是後世小說、院本中對話、賓白之椎輪草創，未為過也。"錢先生這段話，深刻地指出以上記言的不同。《史記》中記驪姬的一段話，正是司馬遷的設想，完全符合驪姬這個人物的性格和當時的情境，這是好的。《史記》裏也沒有杜原款的勸死和驪姬逼申生自殺的話，說明這兩段話是多餘的。這樣看來，史書中記載人物事件，也要

比較

97

考慮人物性格。記載驪姬害申生的事，以《左傳》寫得最好，最能突出申生的性格。《史記》根據《左傳》來寫，作了補充，補充驪姬的一段話，有助於刻畫驪姬陰險的性格，也是好的。《國語》多出的兩段話，有損於申生的性格，是不好的。《檀弓》主旨不在記事，在說明，所敍述的話作為說明的例證，也是好的。

七　事同而語有複疊與簡約

錢鍾書先生《管錐編》272-273頁《史記會注考證·項羽本紀》：

"諸將皆從壁上觀，楚戰士無不一以當十，楚兵呼聲動天，諸侯軍無不人人惴恐。於是已破秦軍。項羽召見諸侯將，入轅門，無不膝行而前"；《考證》："陳仁錫曰：'疊用三無不字，有精神；《漢書》去其二，遂乏氣魄。'"

按《漢書·項籍傳》作"楚戰士無不一當十"，"諸侯軍人人惴恐"，"膝行而前"，刪去兩"無不"字。

錢先生接着說：

按陳氏評是，數語有如火如荼之觀。貫華堂本《水滸》第四十四回裴闍黎見石秀出來，"連忙放茶"，"連忙問道"，"連忙道：'不敢！不敢'"，"連忙出門去了"，"連忙走"；殆得法於此而踵事增華者歟。馬遷行文，深得累疊之妙，如本篇末寫項羽"自度不能脫"，一則曰："此天之亡我，非戰之罪也"，再則曰："令諸君知天亡我，非戰之罪也"，三則曰："天之亡我，我何渡為！"心已死而意猶未平，認輸而不服氣，故言之不足，再三言之也。又如《袁盎晁錯列傳》記錯父曰："劉氏安矣！晁氏危矣！吾去公歸矣！"疊三"矣"字，紙上如聞太息，斷為三句，削去銜接之詞，頓挫而兼急迅錯落之致。《漢書》卻作："劉氏安矣而晁氏危，吾去公歸矣？"索然有底情味？

八 事同而記有疏密

錢鍾書先生《管錐編》274頁：

> 《容齋隨筆》卷一謂《史記・衛青傳》"校尉李朔一節五十八字，《漢書》省去二十三字，然不若《史記》為樸贍可喜"；虞兆隆《天香樓偶得》駁則謂《隨筆》"非定論"。

按《史記・衛青傳》作：

> ……乃詔御史曰："護軍都尉公孫敖三從大將軍擊匈奴，常護軍，傅校獲王，以千五百戶封敖為合騎侯（《漢書》刪"以千五百戶"）；都尉韓說從大將軍出窳渾，至匈奴右賢王庭，為麾下搏戰獲王，以千三百戶封說為龍額侯（又刪"以千三百戶"）；騎將軍公孫賀從大將軍獲王（又刪"公孫"），以千三百戶封賀為南窌侯（又刪"以千三百戶"）；輕車將軍李蔡再從大將軍獲王，以千六百戶封蔡為樂安侯（又刪"以千六百戶"）；校尉李朔、校尉趙不虞、校尉公孫戎奴各三從大將軍獲王（又刪後兩個"校尉"），以千三百戶封朔為涉軹侯（又刪"以千三百戶"），以千三百戶封不虞為隨成侯，以千三百戶封戎

奴為從平侯（又刪兩個"以千三百戶封"）；將軍李沮、李息及校尉豆如意有功，賜爵關內侯，食邑各三百戶（又"豆如意"下多出"中郎將縮皆"，"關內侯"下多出"沮、息、如意"）。"

從《史記》和《漢書》的記載看，不在於《史記》樸贍可喜，是在於記載的疏密問題。按照《漢書》的記法，只要記明封甚麼侯就夠了，不用記戶數，那麼，封關內侯，"食邑各三百戶"，為甚麼不刪，封戶數少的三百戶記了，封戶數多的"千三百戶"、"千五百戶"為甚麼反而刪去，就不合理了。"公孫賀"刪去"公孫"，光留個"賀"字，不知姓誰，更不恰當。《史記》裏不記"中郎將縮"是有道理的，因為這裏都記封侯和戶數，"中郎將縮"沒有封的戶數，所以《史記》不收。《漢書》收了，又沒有姓，也是疏漏。這樣看來，《史記》密，《漢書》有疏漏。錢先生説：

> ……《漢書》刪去兩"校尉"，明淨勝於《史記》原文未可盡非；《史記》下文亦云："將軍李沮、李息"，而不云"將軍李沮、將軍李息"也。《漢書》刪去三"以千三百戶封"，洵為敗缺，當於"為從平侯"下，增"食邑各千三百戶"，則點煩而不害事，猶《史記》下文言李沮、李息、豆如意云："賜爵關內侯，食邑各三百戶"也。

九　事同而記有詳略改動

《朱子語類》卷十一：

> 問："讀《通鑒》與正史如何？"曰："好，且看正史，蓋

正史每一事關涉處多。只如高祖鴻門一事，本紀與張良、灌嬰諸傳互載，又都意思詳盡，讀之使人心地歡洽，便記得起。《通鑑》則一處說便休，直是無法，有記性人方看得。"（中華書局，196頁）

《史記·項羽本紀》敍鴻門宴：

沛公旦日從百餘騎來見項王（《通鑑》作"項羽"，下同），至鴻門（又無"至"），謝曰："臣與將軍戮（又作"勠"）力而攻秦，將軍戰河北，臣戰河南；然不自意能先入關破秦，得復見將軍於此。今者有小人之言，令將軍與臣有隙。"項王曰："此沛公左司馬曹無傷言之，不然，籍何以至此！"

項王即日因留沛公與飲，項王項伯東向坐，亞父南向坐。亞父者，范增也。沛公北向坐，張良西向侍（又無"項王項伯"數句）。范增數目項王，舉所佩玉玦以示之者三，項王默然不應。范增起，出召項莊，謂曰："君王為人不忍，若（汝）入前為壽，壽畢，請以劍舞，因擊沛公於坐，殺之。不者，若屬皆且為所虜。"莊則入為壽。壽畢，曰："君王與沛公飲（又無此句），軍中無以為樂，請以劍舞。"項王曰："諾。"項莊拔劍起舞，項伯亦拔劍起舞，常以身翼蔽沛公，莊不得擊。

於是張良至軍門見樊噲，樊噲（又無"樊"）曰："今日之事何如？"良曰："甚急（又無"甚急"），今者（又無"者"）項莊拔劍舞，其意常在沛公也。"噲曰："此迫矣，臣請入，與之同命。"噲即帶劍擁盾入軍門，交戟之（又無此三字）衛士欲止不內（納），樊噲側其盾以撞，衛士僕地，噲（又無"噲"）

遂入，披帷西向立（又無“西向”），瞋目視項王，頭髮上指，目眥盡裂。項王按劍而跽（長跪）曰：“客何為者？”張良曰：“沛公之參乘樊噲者（又無“者”）也。”項王曰：“壯士，賜之卮酒。”則與斗卮酒。噲拜謝，起立而飲之。項王曰：“賜之彘肩。”則與一生彘肩。樊噲覆其盾於地，加彘肩上（又作“其上”），拔劍切而啖之。項王曰：“壯士，能復（又作“復能”）飲乎？”樊噲曰：“臣死且不避，卮酒安足辭！夫秦王（又無“王”）有虎狼之心，殺人如不能舉，刑人如恐不勝，天下皆叛之。懷王與諸將約曰：‘先破秦入咸陽者王之。’今沛公先破秦入咸陽，毫毛不敢有所近，封閉宮室（又無此四字），還軍霸上，以待大王來（又作“以待將軍”），故遣將守關者，備他盜出入與非常也（又無此二句）。勞苦而功高如此，未有封侯之賞，而聽細說（又作“細人之說”），欲誅有功之人，此亡秦之續耳，竊為大王（又作“將軍”）不取也。”項王未有以應，曰：“坐。”樊噲從良坐。坐須臾，沛公起如廁，因招樊噲出。

　　沛公已出，項王使都尉陳平召沛公（又無此二句）。沛公曰：“今者出未辭也，為之奈何？”樊噲曰：“大行不顧細謹，大禮不辭小讓（又無此二句）。如今人方為刀俎，我為魚肉（又“為”作“方為”），何辭為！”於是遂去。乃令張良留謝，良問曰：“大王來何操？”曰：“我持白璧一雙，欲獻項王；玉斗一雙，欲與亞父，會其怒，不敢獻，公為我獻之。”張良曰：“謹諾。”（又無“乃令……謹諾”）當是時，項王軍在鴻門下，沛公軍在霸上，相去四十里（從“當是……里”又作“鴻門去霸上四十里”）。沛公則置車騎，脫身獨騎，與（又無“與”）樊噲、夏侯嬰、靳強、紀信等四人持劍盾步走，從酈山下道芷陽間行（又下有"趣霸上，留張良使謝項羽，以白璧獻羽，玉斗與亞父"）。沛公謂張良（又無"張"）曰："從此道至吾軍，不過二十里耳，度我至軍中，公乃入。"沛公已去，間至軍中，張良入謝曰："沛公不勝杯杓，不能辭，謹使臣良奉白璧一雙，再拜獻大王（又作"將軍"）足下，玉斗一雙，再拜奉大將軍（又作"亞父"）足下。"項王曰："沛公安在？"良曰："聞大王（又作"將軍"）有意督過之，脫身獨去，已至軍矣。"項王則受璧，置之坐上；亞父受玉斗，置之地，拔劍撞而破之，曰："唉！豎子不足與謀，奪項王（又作"將軍"）天下者，必沛公也！吾屬今為之虜矣！"沛公至軍，立誅殺曹無傷。

《通鑒》裏記的鴻門宴，完全根據《史記》，但是文字有刪節，有改動。《史記》以文章著名，司馬光編《通鑒》，為甚麼不照用《史記》原文，卻要加以刪改呢？這主要是兩書體例不同造成的。《史記》是紀傳體，其中寫人物傳記部分，屬於傳記文學，所以對人物要作文學描寫，是歷史跟文學的結合。《通鑒》是編年體，以記事為主，重在記事，要減少文學描寫部分，因此對《史記》中有的描寫，就作了刪節。像《史記》裏記項王、項伯、亞父、沛公、張良的坐位幾句，就傳記文學講，記這次宴會，是要寫明坐位的。就記事講，主要記事件，各人的坐位不重要，所以刪了。再像有的描寫，如《史記》"交戟之衛士"，描寫衛兵是兩人手持戟相交的；樊噲"披帷西向立"，寫明他立的方向；《通鑒》主要在記事，光說"衛士"，怎樣的衛士就不管了；光說"披帷立"，立的方向就不管了。再看對話，項莊進去，説："君王與沛公飲"，就傳記文學説，開口是要這樣説的，不可能一進去，招呼也不打，就説"軍中無以為樂"的。但就記事説，這句打招呼的話，就可從略了。再像張良説"甚急"，表達張良的心情，是必要的。就記事説，重在記事，這兩字也可從略了。再像樊噲講話："毫毛不敢有所近，封閉宮室"，説了劉邦對秦國的東西絲毫不取，其中最重要的，是皇宮，所以加上"封閉宮室"；就記事説，絲毫不取已經包括"封閉宮室"在內，這四字也可刪了。樊噲又説："故遣將守關者，備他盜出入與非常也"，替劉邦派兵守關作了解釋，這也必要。就記事説，這個解釋，上文鴻門會前劉邦已經向項伯作過解釋，項伯已經向項羽説過，不必重複，也刪了。樊噲對劉邦説："大行不顧細謹，大禮不辭小讓"，這是針對劉邦説的"今者出未辭也，為之奈何"的解答。就記事説，這個解釋也可從

《資治通鑑》書影

司馬光像

略。下面張良問劉邦帶甚麼禮物來，劉邦説帶了白璧玉斗的話，按照當時的情形，是應該有這樣的問答的，就記事説，這些送禮物的事，下面都有了，這些問答的話也可從略了。以上這些刪節，當是傳記文學與記事文不同所造成的。

還有稱呼的不同，《史記》是按照當時人的稱呼來寫的，當時人稱"項羽"、"項王"，當面稱"大王"，所以文中稱項羽為"項王"，張良、樊噲稱項羽為"大王"。只有劉邦跟項羽地位相似，稱項羽為"將軍"。當時人稱劉邦為沛公，文中也稱"沛公"。當時尊稱范增為"亞父"，文中有時稱"亞父"，從當時的尊稱，有時稱"范增"，作為一般敍述，張良稱范增為"大將軍"，稱他的職位，因張良不是項羽手下人，可以不用他的尊稱。《史記》對人的稱呼，是有這樣的講究的。《通鑒》裏不稱"項王"，改稱"項羽"，但對劉邦還是稱"沛公"，不稱劉邦，這裏顯出司馬光尊重劉邦，所以對劉邦不稱名；不尊重項羽，所以不稱"項王"，直呼其名，稱為"項羽"。樊噲稱項羽為"大王"，《通鑒》改為"將軍"；

張良在替劉邦獻禮物時，稱項羽為"大王"，稱范增為"大將軍"，很合適。《通鑑》把"大王"改為"將軍"，因此不能稱范增為"大將軍"，稱為"大將軍"變成范增高於項羽了，又不便直呼其名，因改為"亞父"，其實"亞父"是項羽手下人對范增的尊稱，比"大將軍"的稱呼更尊崇，張良不是項羽手下人，不可能稱范增為"亞父"。又張良樊噲是劉邦手下人，地位低於劉邦，也低於項羽，不可能跟劉邦一樣，稱項羽為"將軍"。這是司馬光在改變稱名時出了破漏。

司馬光改《史記》，也有改得好的。如"樊噲覆其盾於地，加彘肩上"，《通鑑》改作"加彘肩其上"，加了一個"其"字，表示彘肩加在盾上，很明確。沒有這個"其"字，也可以理解為盾加在彘肩上，總之不如加"其"字明確。樊噲說："而聽細說"，《通鑑》改為"而聽細人之說"，意義更為明確，也是改得好的。

《漢書》把鴻門宴寫在《高祖本紀》裏：

沛公旦日從百餘騎見羽鴻門，謝曰："臣與將軍戮力攻秦，將軍戰河北，臣戰河南，不自意先入關能破秦，與將軍復相見。今者有小人言，令將軍與臣有隙。"羽曰："此沛公左司馬曹毋傷言之，不然，籍何以至此！"

羽因留沛公飲，范增數目羽擊沛公，羽不應。范增起，出謂項莊曰："君王為人不忍，汝入以劍舞，因擊沛公殺之，不者，汝屬且為所虜。"莊入為壽，壽畢曰："軍中無以為樂，請以劍舞。"因拔劍舞。項伯亦起舞，常以身翼蔽沛公。

樊噲聞事急，直入，怒甚。羽壯之，賜以酒。噲因譙讓羽。

有頃，沛公起如廁，招樊噲出，置車官屬，獨騎，與樊噲、靳強、滕公、紀成步從間道走軍。使張良留謝羽。羽問："沛公安在？"曰："聞將軍有意督過之，脫身去，間至軍，故使臣獻璧。"羽受之。又獻玉斗范增，增怒，撞其斗，起曰："吾屬今為沛公虜矣！"

《漢書》這一篇也是刪節《史記》的那一篇，但刪得更多。《通鑒》是編年體，以記事為主，它的刪節，可以說是限於體例。《漢書》也是紀傳體，也寫人物傳記，那就不該以記事為主大加刪節了。就鴻門宴這篇說，《漢書》不僅刪得不如《史記》，也不如《通鑒》了。如《史記》開頭寫："項王曰：'此沛公左司馬曹無傷言之，不然，籍何以至此！'"說這話，好像替自己辯解，說自己準備攻擊劉邦，是因為聽了劉邦手下曹無傷的話。有了這個開頭，所以篇末寫"沛公至軍，立誅殺曹無傷"，首尾呼應。《漢書》這篇，刪去了沛公誅殺曹無傷的話，首尾不相呼應。再說，這件事，項羽講出了曹無傷，等於把在劉邦手下替自己做工作的人泄露給劉邦，說明項羽這人沒有政治鬥爭經驗，劉邦回去立即殺了曹無傷，顯出劉邦是有政治鬥爭經驗的，這也跟兩人的性格有關。《漢書》刪去了劉邦殺曹無傷的話，好像劉邦也沒有政治鬥爭經驗了。

　　《史記》裏講明項羽、劉邦、范增、張良的坐位，《漢書》裏刪去了，說明《漢書》也着重記事，所以刪。《史記》稱："范增數目項王，舉所佩玉玦以示之者三，項王默然不應。"《漢書》刪去了三舉玉玦，刪去了"默然"，光說"數目羽"，這就顯得不夠，光是用目光示意，跟三次舉玉玦來要項羽下決心，是不同的，一刪就減輕了分量。《史記》裏寫張良出來找樊噲，告訴他形勢的危急，樊噲表示要進去“與之同命”。《漢書》裏寫作“樊噲聞事急，直入”。樊噲在軍門外，對於宴席上的事，看不見，聽不到，從哪裏“聞事急”呢？就記事說，也沒有講清楚。《史記》寫樊噲“帶劍擁盾入軍門，交戟之衛士欲止不內，樊噲側其盾以撞，衛士僕地，噲遂入”。《漢書》作“直入”，好像軍門口沒有守衛，樊噲可以“直入”了。《史記》裏寫樊噲“瞋目視項王，頭髮上指，目眥盡裂”，使項羽吃驚，稱他為壯士，賜給他斗酒彘肩。《漢書》裏光說“怒甚”，樊噲的生動形象沒有了，使項羽吃驚也沒有了，只因他“怒甚”而“壯之”，也不可解了。《史記》裏寫樊噲責備項羽的一段話，辭嚴義正，使項羽無話可說，改變了鴻門宴上沛公的處境，轉危為安。《漢書》裏也沒有了。

再像《史記》寫“沛公起如廁，因招樊噲出”。沛公說：“今者出未辭也，為之奈何？”樊噲提到：“如今人方為刀俎，我為魚肉，何辭為！”“人為刀俎，我為魚肉”，成為後世成語，《漢書》裏這些都沒有了。最後《史記》作：“亞父受玉斗，置之地，拔劍撞而破之，曰：‘唉！豎子不足與謀……’”《漢書》裏把“豎子不足與謀”這句刪了。這句表面上指斥項莊，骨子裏是指斥項羽。因為范增要項莊在席前舞劍，擊殺沛公。項莊聽從了，是在席前舞劍，可是項伯也拔劍起舞，保護劉邦，使項莊不能擊劉邦，這不是項莊的過錯，范增不該指斥他。范增要指責的是項羽，范增三次舉玉玦要項羽下決心殺劉邦，項羽不應，所以這話骨子裏是指斥項羽。這當跟後來項羽疏遠范增有關。像這樣的話，既顯示范增的性格，又寫出項羽跟范增的關係，是比較重要的。《漢書》

把這樣重要的話都刪了，所以不如《史記》。當然，《漢書》裏也有寫得勝過《史記》的，下面也要談到。

《朱子語類》裏談到還可參看別人傳裏有關的記載，也不妨看看。先看《史記‧高祖本紀》：

沛公從百餘騎驅之鴻門，見謝項羽。項羽曰：“此沛公左司馬曹無傷言之，不然，籍何以至此！”沛公以樊噲張良故，得解歸。歸，立誅曹無傷。

《樊噲傳》：

沛公從百餘騎，因項伯面見項羽，謝無有閉關事。項羽既饗軍士中酒（酒酣），亞父謀欲殺沛公，令項莊拔劍舞坐中，欲擊沛公。項伯常肩（《漢書》作“屏”）蔽之。時獨沛公與張良得入坐，樊噲在營外，聞事急，乃持鐵（又無“鐵”）盾入到營。（又作“初入營”）營衛止噲，噲直撞入，立帳下。項羽目之，問為誰，張良曰：“沛公參乘樊噲（又有“也”）。”項羽曰：“壯士，賜之卮酒彘肩。”噲既飲酒，拔劍切肉，食盡之（又無“盡”）。項羽曰：“能復飲乎。”噲曰：“臣死且不辭，豈特卮酒乎？且沛公先入定咸陽，暴師霸上，以待大王。大王今日至，聽小人之言，與沛公有隙。臣恐天下解，心疑大王也。”項羽默然，沛公如廁，麾樊噲去。既出，沛公留車騎，獨騎一馬（又無“一”），與樊噲等四人步從（又無“與”、“樊”），從間道山下歸，走霸上軍（又作“從山下走歸霸上軍”），而使張良謝項羽。項羽（又無“項”）亦因遂已，無誅沛公之心矣。是日微（無）樊噲奔入營，誚讓項羽，沛公事幾殆（又無"事"）。

《漢書·項籍傳》：

> 明日，沛公從百餘騎至鴻門謝羽，自陳封秦府庫，還軍霸上，以待大王，閉關以備他盜，不敢背德，羽意既解。范增欲害沛公，賴張良樊噲得免，語在《高紀》。

《史記》把鴻門宴寫在《項羽本紀》裏，《高祖本紀》裏就不必再寫，只須交代一下就行。從上文看，上文寫項羽準備進攻劉邦，得到項伯替劉邦說話，項羽決定不進攻，所以接下來寫劉邦到鴻門來謝項羽，項羽說明為甚麼想攻劉邦，再說劉邦怎樣得解脫回來就完了。因項羽提到了曹無傷，所以寫劉邦回去殺曹無傷作結。這裏重複提到曹無傷，因他跟項羽要進攻劉邦有關，不能不提。對於劉邦怎樣解脫歸來，只提了以樊噲、張良故，主要是樊噲，所以把樊噲寫在前面。在《項羽本紀》裏，稱項羽為項王，這篇裏只稱項羽。因為《項羽本紀》裏以項羽為主，項羽是稱西楚霸王的，所以稱為"項王"。《高祖本紀》裏以劉邦為主，所以不尊稱他為"項王"，改稱"項羽"。

《高祖本紀》裏提到"以樊噲張良故，得解歸"，主要是靠樊噲，所以在《樊噲傳》裏也講到了鴻門宴。樊噲是在鴻門宴上，劉邦形勢危急時入營解救的，所以先要交代劉邦怎樣去赴鴻門宴，在宴會上形勢怎樣危急，這些只是交代，下面才寫樊噲怎樣入營門，引起項羽注意。樊噲怎樣飲酒食肉，主要寫樊噲怎樣替劉邦講解，辭嚴義正，使項羽無話可說，使劉邦的處境轉危為安。就鴻門宴看，主要是寫在《項羽本紀》裏，《樊噲傳》裏寫的，也不如《項羽本紀》寫得生動精彩，即就樊噲部分說，《項羽本紀》裏寫得也比《樊噲傳》精彩。這樣寫是對的。要是把樊噲的事，在《樊噲傳》裏作了生動精彩的描寫，在《項羽本紀》裏只作了交代，那就把鴻門宴這事的精彩描寫分散了，有一部分寫在《項羽本紀》裏，有一部分寫在《樊噲傳》裏，兩處寫鴻門宴都寫得不完整，這就沒有一個完整的鴻門宴了。所以寧可把對樊噲的精彩描寫也寫在《項羽本紀》裏，使鴻門宴的精彩描寫集中在《項羽本紀》裏，這樣更好些。在《樊噲傳》裏點明沒有樊噲的奔入營指責項羽，劉邦幾乎危險，這就突出樊噲的功績。

《漢書》把鴻門宴寫在《高祖本紀》裏，在《項籍傳》裏只作了交代。因為班固把《項羽本紀》改為《項籍傳》，項羽的地位變了。鴻門宴既是有關劉邦的大事，就不便寫在《項籍傳》裏，只好寫在《高祖本紀》裏，在《項籍傳》裏只能作些交代了。寫沛公到鴻門來謝項羽，說明自己不敢背德，項羽意解。只是范增要殺沛公，"賴張良樊噲得免，語在《高紀》"。點明鴻門宴寫在《高祖本紀》裏。按鴻門宴是項羽設宴招待劉邦，是項羽為主。在鴻門宴上，劉邦的生命掌握在項羽手裏，所以司馬遷把鴻門宴寫在《項羽本紀》裏是正確的，班固把它寫在《高祖本紀》裏是主客倒置。不僅班固把鴻門宴刪得失去了許多精彩描寫，就是他把鴻門宴從《項羽本紀》改到《高祖本紀》裏也是不合適的。但他已把《項羽本紀》改成《項籍傳》了，把項羽的地位改得跟陳勝一樣，那麼鴻門宴又好像不適宜寫在《項籍傳》裏了。其實班固把《項羽本紀》改為《項籍傳》是不正確的。班固沿襲《史記》，把呂后列為

《高后本紀》，因為劉邦死後，大權掌握在呂后手裏，所以列為本紀是對的。秦亡以後，大權掌握在項羽手裏，由項羽號令天下，分封諸侯，司馬遷列為《項羽本紀》是正確的。倘因為項羽沒有做皇帝，不能列入本紀，那麼呂后也沒有稱帝，為甚麼可以列為本紀呢？

春秋魯僖公四年（前 656），齊伐楚，盟於召陵，有《春秋》、《左傳》、《公羊傳》、《穀梁傳》、《史記》五種記載。同一事件，記載各有不同，這跟各書的寫作目的不同有關。

《春秋》僖公四年：

春，王正月，公會齊侯、宋公、陳侯、衛侯、鄭伯、許男、曹伯侵蔡，蔡潰，遂伐楚，次於陘。

楚屈完來盟於師，盟於召陵。

這是《春秋》的記載。《春秋》是魯國的國史，記事以魯國為主，又尊重周天子。以魯國為主，所以把這事記在魯僖公四年。尊重周天子，所以稱“王正月”，王指周惠王。正月，指周朝所頒佈的曆法的正月。以魯為主，所以稱“公會”，即魯僖公會合諸侯。齊侯即齊桓公，宋公即宋桓公，陳侯即陳宣公，衛侯即衛文公，鄭伯即鄭文公，許男稱呼不詳，曹伯即曹昭公。《春秋》的稱呼，是按照周天子的封爵稱的，魯國君封公爵，所以稱公；齊國君封侯爵，所以稱侯；鄭國君封伯爵，所以稱伯。當時周天子已經號令不行，各國君都自己改稱，如齊君稱公，陳君也改稱公。但《春秋》尊崇周天子，還是按照舊的封爵來稱呼。“次於陘”，駐紮在今河南郾城縣境。屈完，楚大夫，前來結盟。召陵，在今河南鄢城縣東。《春秋》的記事，極簡單，類似標題，含有尊崇周天子的意味。它的用詞也有含義，見《公羊傳》、《穀梁傳》的説明。

《左傳》僖公四年對這事作了記載，着重在詳盡地記錄這件事：

四年春，齊侯以諸侯之師侵蔡，蔡潰，遂伐楚。楚子使與師言曰：“君處北海（指北方），寡人（楚子的謙稱）處南海（指南方），惟是風馬牛不相及也（雌雄相誘稱風，馬和牛是兩種，不會雌雄相誘的）。不虞（料）君之涉吾地也，何故？”管仲對曰：“昔召康公命我先君太公（即姜太公）曰：‘五侯九伯（即公、侯、伯、子、男五等諸侯，九州之長，即諸侯之長），女（汝）實徵之，以夾輔周室。’賜我先君履（踐履所及的疆界）：東至於海，西至於河（黃河），南至於穆陵（在楚地，今湖北麻城縣西有穆陵山），北至於無棣（在今河北盧龍附近）。爾貢包茅（楚國產的成束的菁茅，是濾去酒糟用的）不入，王祭不共（供，周王祭祀濾酒糟用的菁茅不供給），無以縮酒（濾酒糟），寡人是徵（徵求）；昭王南征而不復（周昭王往南方渡漢水時，當地人給他一隻用膠水膠成的船，船到中流解散，昭王被淹死），寡人是問（責問）。”對曰：“貢之不入，寡君之罪也，敢（豈敢）不共給。昭王之不復，君其問諸水濱（昭王時，漢水一帶不歸楚君管轄，楚國不能負責）。”師進，次於陘。

夏，楚子（楚成王，周天子封楚君為子爵，因稱）使屈完如（往）師。師退，次於召陵。

《左傳》書影

齊侯陳（排列）諸侯之師，與屈完乘（乘兵車）而觀之。齊侯曰：「豈不穀（諸侯的謙稱）是為（諸侯難道是為我而來），先君之好是繼（為了繼承先君的友好來的），與不穀同好何如？（問楚國跟我共同友好怎樣？）」對曰：「君惠徼福於敝邑之社稷（您惠臨為敝國的國家求福），辱收寡君（承蒙接納我國國君），寡君之願也。」齊侯曰：「以此眾戰，誰能禦之？以此攻城，何城不克？」對曰：「君若以德綏（安撫）諸侯，誰敢不服？君若以力，楚國方城以為城（今河南葉縣南有方城山），漢水以為池，雖眾，無所用之。」屈完及諸侯盟。

《左傳》裏詳盡地記載了齊伐楚盟於召陵的事，要了解這件事實的情況，就要看《左傳》。光看《春秋》，好像只看到大事標題，不可能了解具體情況。

　　《公羊傳・僖公四年》也講這件事，用意又不同。

　　四年春，王正月，公會齊侯、宋公、陳侯、衛侯、鄭伯、許男、曹伯侵蔡，蔡潰。潰者何？下叛上也。國曰潰，邑曰叛。遂伐楚，次於陘。其言次於陘何？有俟也。孰俟？俟屈完也。

　　楚屈完來盟於師，盟於召陵。屈完者何？楚大夫也。何以不稱使？尊屈完也。曷為尊屈完？以當桓公也。其言盟於師，盟於召陵何？師在召陵也。師在召陵，則曷為再言盟？喜服楚也。何言乎喜服楚？楚有王者則後服，無王者則先叛。夷狄也，而亟（多次）病中國（中原）。南夷與北狄交（南夷指楚滅鄧國、穀國，北狄指狄滅邢國、衛國，交亂中原），中國

比較

115

不絕若線。桓公救中國而攘夷狄，卒貼荊（使楚貼服），以此為王者之事也。其言來何？與桓為主也。前此者有事矣（以前齊桓公率領諸侯替邢國、衞國築城），後此者有事矣（後來齊桓公率領諸侯替杞國築城），則曷為獨於此焉？與桓公為王，序績也。

《公羊傳》記同一件事，記得跟《左傳》不同。《左傳》是記錄這件事的經過，《公羊傳》主要不在記錄這件事的經過，在說明《春秋》用詞的含義，在說明這件事的重大意義。比方《春秋》作"蔡潰"，用"潰"字是甚麼意思呢？是人民反抗國君，即人民不肯抵抗齊桓公率領諸侯之兵來攻，投向齊桓公這邊去了。《春秋》作"次於陘"，駐紮在陘地，是甚麼意思呢？是有所等待，等楚國派使人來。楚國派使人屈完來，為甚麼不稱"楚使"，光稱"楚屈完"呢？尊重屈完，把他的地位看得跟齊桓公的地位相當，即把他的地位看得像楚成王那樣，才可以跟齊桓公相當。為甚麼作"盟於師，盟於召陵"，用了兩個盟呢？表達楚國服從齊桓公的高興。作"屈完來"是甚麼意思呢？是讚許以桓公為主，是楚國派人來，不是桓公去。桓公在以前或以後，也率領諸侯替被夷狄侵略的侯國築城，都不這樣記，何以獨對這件事這樣記呢？讚許桓公為主，做了使楚國服從的工作，記敘他的功勞。這樣說，主要不在記敘這件事的經過，主要在說明《春秋》記敘這件事中的用詞，都有含意，在說明這種含意。

更重要的，在說明這件事的重大意義。"何言乎喜服楚？"為甚麼說喜歡楚的服從？"楚有王者則後服，無王者則先叛。"

楚國在天下有王者，別的侯國都服從了，楚國是最後服從；天下沒有王者，楚國先起來背叛。王者指有權威使諸侯服從的天子，當時周天子已經沒有權威，號令不行，所以楚國先起來背叛。楚國成為南夷，與北狄一起，結合起來侵略中原地區的諸侯，像楚國滅掉鄧國、穀國，北狄滅掉邢國、衛國。當時把楚國看成南夷，跟北狄一致，不承認其是華夏民族。華夏民族建立的侯國被夷狄滅掉，"中國不絕若線"，華夏民族的不滅絕像根線一樣，很容易斷的。一斷，華夏民族建立的侯國，被夷狄滅亡了，就要受夷狄的奴役了。齊桓公起來挽救中原華夏民族所建立的侯國，排斥夷狄的侵略，使楚服從，這是代替周天子執行王者的事業。這是極力推崇這件事的重大意義。

再看《穀梁傳‧僖公四年》：

四年春，王正月。公會齊侯、宋公、陳侯、衛侯、鄭伯、許男、曹伯侵蔡，蔡潰。潰之為言，上下不相得也。侵，淺事也。侵蔡而蔡潰，以桓公為知所侵也。不土其地，不分其民，明正也。遂伐楚，次於陘。遂，繼事也。次，止也。

楚屈完來盟於師，盟於召陵。楚無大夫，其曰屈完，何也？以其來會桓，成之為大夫也。其不言使，權在屈完也，則是正乎？曰，非正也。以其來會諸侯，重之也。來者何？內桓師也。於師，前定也。於召陵，得志乎桓公也。得志者，不得志也，以桓公得志為僅矣。屈完曰："大國之以兵向楚，何也？"桓公曰："昭王南征不反（返），菁茅之貢不至，故周室不祭。"屈完曰："菁茅之貢不至，則諾。昭王南征不反，我將問諸江。"

《穀梁傳》跟《公羊傳》相似，主要在解釋《春秋》中的用詞，但又有不同。《公羊傳》裏主要是指出這件事的重大意義，即排斥夷狄的侵略，保護中原華夏所建立的侯國，不至被夷狄所奴役。這個意思，在《左傳》和《穀梁傳》裏都沒有。在解釋《春秋》用詞的意義，《穀梁傳》和《公羊傳》也不一致。《穀梁傳》解釋"蔡潰"，"潰之為言，上下不相得也"，即君民的意見不一致，還不認為民背叛君。又說"侵，淺事也"，對伐來講，侵比較輕點，即不佔領蔡的土地，不擄掠蔡的人民，蔡服了就退兵，說明是合於正道。稱"楚屈完"，楚國的官制跟諸夏侯國不同，沒有大夫，稱

《春秋集注》書影

"楚屈完",把他看成諸侯國的大夫。不稱"使",因他有權代表楚國決定一切。這是不是正確？"非正也",不正確,因為臣子不能自專,所以稱為非正。稱"屈完來",是"內桓師也",以齊桓公的軍隊為內,屈完歸向齊桓公。"於師,前定也",屈完在齊桓公的軍隊裏結盟,是事前決定的。"於召陵,得志乎桓公也",屈完在召陵和齊桓公等結盟,見得齊桓公是得意的。"得志者,不得志也,以桓公得志為僅矣",說齊桓公得意,其實是不得意,齊桓公的得意是很少的。楚國服從了,這是使桓公得意的；但楚成公不來,只派屈完來。屈完責問齊桓公為甚麼派兵來,齊桓公提出兩個理由,屈完只承認一個,對另一個拒絕,所以認為桓公的得意是很少的。這說明《穀梁傳》主要在解釋《春秋》中用詞的意義,不在記事。他的解釋,又跟《公羊傳》不一致,所以可與《公羊傳》並存。

《史記·齊太公世家》:

三十年春,齊桓公率諸侯伐蔡,蔡潰。遂伐楚。楚成王興師問曰:"何故涉吾地？"管仲對曰:"昔召康公命我先君太公曰:'五侯九伯,若(汝)實征之,以夾輔周室。'賜我先君履,東至海,西至河,南至穆陵,北至無棣。楚貢包茅不入,王祭不共,是以來責。昭王南征不復,是以來問。"楚王曰:"貢之不入,有之,寡人罪也,敢不共乎！昭王之出不復,君其問之水濱。"齊師進,次於陘。

夏,楚王使屈完將兵扞齊,齊師退,次召陵。桓公矜屈完以其眾,屈完曰:"君以道則可,若不,則楚方城以為城,江漢以為溝，君安能進乎？"乃與屈完盟而去。

《史記·楚世家》：

十六年，齊桓公以兵侵楚，至陘山。楚成王使將軍屈完以兵禦之，與桓公盟。桓公數以周之賦不入王室，楚許之，乃去。

《史記》是通史，所以只能根據《左傳》來記事，《公羊傳》、《穀梁傳》對《春秋》作解釋的話都用不上。《左傳》是記春秋時代的編年史，所以記得較詳。《史記》是記從黃帝到漢武帝時代的通史，不能記得像《左傳》那樣詳，要加以壓縮。《左傳》的記事，還要按照《春秋》來記，比方《春秋》稱"侵蔡"，《左傳》也稱"侵蔡"，《史記》就不受這個限制，稱"伐蔡"，因為齊桓公率領諸侯的軍隊攻入蔡國，所以從歷史記事的角度，就稱"伐蔡"了。再像《左傳》稱"楚子使與師言曰"，根據《春秋》，楚國被封為子爵，所以稱"楚子"，《史記》就稱"楚成王"。《左傳》裏寫楚子說的"君處北海"幾句話，在《史記》裏就省成"何故涉吾地"了。管仲的回答比較重要，所以《史記》裏引用較多，但也省去"無以縮酒"句。《左傳》裏記齊侯對屈完的話，《史記》裏節縮為"桓公矜屈完以其眾"，從這裏看出《史記》怎樣壓縮的。對屈完的答話，比較重要，又較多地保存着。

這件事，主要是記錄在《齊太公世家》裏，《楚世家》裏只附帶記一下，就更簡了。《楚世家》裏稱"侵楚"，用"侵"字，就楚國來說，齊桓公率領諸侯的軍隊，沒有攻入楚國，沒有發生戰爭，所以用"侵"字。就這件事說，主要是管仲責問楚國不向周朝進貢包茅，楚王承認錯誤，答應進貢，就和齊桓公及諸侯結盟，所以《楚世家》裏就記了這件事。又《左傳》根據《春秋》，把這件事記在魯僖公四年。《史記‧齊太公世家》以齊為主，所以把這件事記在齊桓公三十年。又《楚世家》以楚為主，所以把這件事記在楚成王十六年。又《史記》所記，可以補《左傳》的不足的，如《史記》稱"楚成王興師問曰"，又稱"楚王使屈完將兵扞齊"，楚成王是起兵來跟齊桓公對抗的，這點在《左傳》裏沒有記載。

就以上對同一事件的五種記載看，《春秋》的記載類似大事標題，或簡明的提要，不過在這個標題裏的用詞都有講究，一個詞都不輕下。這是可供學習的，我們在定標題或提要時，也要學習這種用詞的謹嚴。就記事說，以《左傳》為最好。《左傳》的記事，不僅最為詳盡，更好的是寫對話，寫楚成王和管仲的對話，楚成王提出"風馬牛不相及"，是個很好的比喻。雌雄相誘為風，只有雌馬和雄馬相誘，雌牛和雄牛相誘，雌雄的牛和馬是不相誘的。這話成為名句。管仲的對答，有根據，有理論，有歷史知識，結合實際情況，不是一般人能說。再像齊桓公和屈完的對話，即顯示齊桓公的驕傲，更顯出屈完的堅強不屈，這樣寫對話是很成功的。

就記錄這件事的意義說，《公羊傳》寫得最為深刻。《論語‧憲問》篇裏，記下子路認為管仲和召忽兩人都奉事公子糾，齊桓公殺了公子糾，召忽死了，管仲不死，還輔相齊桓公，說明管仲不忠。不忠的人，算不上有仁德吧。子貢因此也認為管仲恐怕不是仁人。孔子卻認為管仲輔相桓公，聯合諸侯，匡正天下，使百姓到今受到他的好處。假如沒有管仲，我們都會披散着頭髮，衣襟向左邊開，要被夷狄所奴役了。稱管仲為"如其仁，如其仁"，讚美管仲的仁德。孔子從華夏民族排斥夷狄的侵略，不受夷狄的奴役，讚美管仲。這個意思，《公羊傳》在這篇裏作了充分的發揮，別的篇裏對這點都沒有觸及到。所以就思想性看，《公羊傳》這篇寫得最深刻。可以從《公羊傳》這篇裏學習它怎樣通過事件來探索事件的深刻意義。《公羊傳》、《穀梁傳》對《春秋》記事的用詞作了深入探索，在這方面，可以供我們作註釋和文章賞析的參考，注意對賞析的文章中重要的詞要作深入的探索，來提高我們的賞析力。對《史記》的兩篇說，可供我們在改寫和壓縮的寫法上作些研討。這樣看來，對同一件事的幾種不同寫法，都可供我們探討。

《禮記‧檀弓》篇：

戰於郎（春秋魯邑，在今山東魚台縣東北。魯哀公十一年，齊國攻魯，魯與齊軍在郎地作戰）。公叔禺（yù 兩）人遇負杖（兵器）入保（堡壘）者息。曰："使之雖病也（使民勞役雖極困累），任之雖重也（使民納稅雖重），君子不能為謀也，士弗能死也，不可。我則既言矣。"與其鄰重（童）汪踦（qī 期）往，皆死焉。魯人欲勿殤（不以童子禮葬，以成人禮葬）重汪踦，問於仲尼。仲尼曰："能執干戈以衛社稷，雖欲勿殤也，不亦可乎！"

《左傳》哀公十一年：

公叔務人（昭公子）見保（守城堡）者而泣曰：“事充（勞役多）政重（賦稅重），上不能謀，士不能死，何以治民。吾既言之矣，敢不勉乎！”……公為與其嬖僮（童）汪錡乘，皆死皆殯。孔子曰：“能執干戈以衛社稷，可無殤也。”

這是記同一件事的兩篇，內容相同，記法也大同小異。前一篇是《檀弓》篇裏記的一件事，是完整的。後一篇，是《左傳》裏記“齊魯清之戰”的一大篇中的一個插曲，是從一大篇中摘出來的，所以稍有不同。前一篇是完整地記一件事，所以一開頭就交待是甚麼事，是“戰於郎”，當時魯國人對於“戰於郎”這件事都很清楚，所以說“戰於郎”就夠了，不用說跟誰戰，在甚麼時候戰。後一篇是從一大篇中摘出來的，事件發生的時間、地點、原因，在一大篇裏都已講明，所以不用交代，這是兩篇的不同處。又兩篇所根據的材料來源不同，所記的人名寫法有異。如前一篇作“公叔禺人”，後一篇作“公叔務人”，又稱“公為”；前一篇作“鄰重汪踦”，後一篇作“嬖僮汪錡”，“重”、“僮”即“童”，是寫法不同，把這個童子（指未成年人）的名字也寫得不同。鄰指鄰居，嬖指嬖愛，也不同。古人寫文章，所根據的材料不同，也寫得不同。有像“負杖入保者息”，指背着兵器進入堡壘休息的士兵；“保者”指守衞城堡的士兵，也稍有不同。

再看記錄的話，前篇作：“使之雖病也，任之雖重也”，這裏的“使之”、“任之”的“之”都指民，即“負杖入保者息”的戰士，當時的戰士即民。“使”指使用民力，即服勞役；“任”指使民負擔，即負擔賦稅，意義比較明確。後一篇作“事充政重”，用意相同，似不像前一篇的明確。前一篇點明"君子不能為謀也，士弗能死亡，不可"，這是公叔禺人説的，稱"公叔"一定是魯哀公一族的人，即貴族，即屬於君子或士，這就點明他在這次戰爭中非死不可，表達了甘於犧牲的決心。後一篇作："上不能謀，士不能死，何以治民，吾既言之矣，敢不勉乎！"用意相同，加上"何以治民"，是為了"治民"而死，這就比前一篇的為了謀國衛國而死差一點。這樣看來，在記錄語言上，前一篇寫得更明確，更正確，也更好些。

十　一事而説有異

《朱子語類》卷十一：

> 凡看文字，諸家説有異同處，最可觀。謂如甲説如此，且捊扯住甲，窮盡其詞；乙説如此，且捊扯住乙，窮盡其詞。兩家之説既盡，又參考而窮究之，必有一真是者出矣。（中華書局，192 頁）

一事而説有異，可以比較。《左傳》成公五年：

> 五年春，原、屏放諸齊（趙嬰兄趙原、趙屏因趙嬰與趙莊姬私通，放逐趙嬰到齊國去）。嬰曰："我在，故欒氏不作（晉國貴族欒氏不作亂）。我亡，吾二昆其憂哉（我流放出去，二兄趙原、趙屏會受害）！且人各有能有不能（指自己雖淫而能保護兩兄），捨我何害。"弗聽。嬰夢天使謂己："祭余，余福女（汝）。"使問諸士貞伯。貞伯曰："不識也。"既而告

其人曰：“神福仁而禍淫，淫而無罰，福也，祭其得亡乎（認為神會使淫的人得禍，祭神也會得到流亡）？”祭之明日而亡（流放）。

又八年：

晉趙莊姬為趙嬰之亡故，譖之於晉侯，曰：“原、屏將為亂，欒、郤為徵（晉國貴族欒氏、郤氏可作證）。”六月，晉討趙同、趙括，武從姬氏畜於公宮（趙武，趙莊姬之子，莊姬，晉成公女）。以其田與祁奚。韓厥言於晉侯曰：“成季（趙衰）之勳，宣孟（趙盾）之忠，而無後，為善者其懼矣。三代（夏商周）之令（賢）王，皆數百年保天之祿。夫豈無辟王（邪僻之王），賴前哲以免也。《書》（《康誥》）曰：‘不敢侮鰥寡’，所以明德也。”乃立武而反（返）其田焉。

《史記•晉世家》：

十七年，誅趙同、趙括，族滅之。韓厥曰：“趙衰、趙盾之功，豈可忘乎！奈何絕祀。”乃復令趙庶子武為趙後，復與之邑。

《史記•趙世家》：

屠岸賈者，始有寵於（晉）靈公。及至於（晉）景公，而賈為司寇，將作難。乃治靈公之賊，以致趙盾，遍告諸將曰：“盾雖不知，猶為賊首，以臣弒君（晉靈公無道，趙盾進諫，靈公要殺他，他在衛士的保護下逃跑了。他手下的趙穿殺了靈公，他回來沒有辦趙穿弒君之罪。晉國的太史記下了‘趙盾弒其君’，因為他的逃跑沒有逃出晉國，他又不辦趙穿罪，所以寫他弒君）。子孫在朝，何以懲罪，請誅之。”韓厥曰：“靈公遇賊，趙盾在外，吾先君以為無罪，故不誅。今諸君將誅其後，是（此）非先君之意，而今妄誅，妄誅謂之亂臣。有大事而君不聞，是無君也。”屠岸賈不聽。韓厥告趙朔趣亡（快逃走），朔不肯，曰：“子（你）必不絕趙祀，朔死不恨。”韓厥許諾，稱疾不出。賈不請（不向晉君請示）而擅與諸將攻趙氏於下宮，殺趙朔、趙同、趙括、趙嬰齊，皆滅其族。趙朔妻（晉）成公姊（當作女），有遺腹，走公宮匿。

趙朔客曰公孫杵臼，杵臼謂朔友人程嬰曰：“胡不死？”程嬰曰：“朔之婦有遺腹，若幸而男，吾奉之，即女也，吾徐死耳。”居無何，而朔婦免身，生男。屠岸賈聞之，索於宮中。夫人置兒袴中，祝曰：“趙宗滅乎，若號（汝啼哭），即不滅，若無聲。”及索，兒竟無聲。已脫，程嬰謂公孫杵臼曰：“今一索不得，後必且復索之，奈何？”公孫杵臼曰：“立孤與死孰難？”程嬰曰：“死易，立孤難耳。”公孫杵臼曰：“趙氏先君遇子厚，子強為其難者，吾為其易者，請先死。”乃二人謀，取他人嬰兒負之，衣以文葆（抱被），匿山中。程嬰出，謬謂諸將軍曰：“嬰不肖，不能立趙孤。誰能與我千金，吾告趙氏孤處。”諸將皆喜，許之，發師隨程嬰攻公孫杵臼。杵臼謬曰：“小人哉程嬰！昔下宮之難，不能死，與我謀匿趙氏孤兒，今又賣我，縱不能立，而忍賣之乎！”抱兒呼曰：“天乎天乎！

趙氏孤兒何罪？請活之，獨殺杵臼可也！"諸將不許，遂殺杵臼與孤兒。諸將以為趙氏孤兒良（確實）已死，皆喜。然趙氏真孤，乃反在。程嬰卒與俱匿山中，居十五年。

晉景公疾，卜之，大業之後不遂者為祟。景公問韓厥，厥知趙孤在，乃曰："大業之後，在晉絕祀者，其趙氏乎？……今吾君獨滅趙宗，國人哀之，故見龜策，惟君圖之。"景公問："趙尚有後子孫乎？"韓厥具以實告。於是景公乃與韓厥謀，立趙孤兒，召而匿之宮中。諸將入問疾，景公因韓厥之眾，以脅諸將而見趙孤，趙孤名曰武。諸將不得已，乃曰："昔下宮之難，屠岸賈為之，矯以君命，並命群臣，非然，孰敢作難。微（無）君之疾，群臣固且請立趙後。今君有命，群臣之願也。"於是召趙武、程嬰，遍拜諸將，遂反與程嬰、趙武攻屠岸賈，滅其族，復與趙武田邑如故。

按照《左傳》所說，魯成公四年（前 587），晉國的趙嬰跟趙莊姬私通，趙莊姬即趙朔的妻子，趙朔謚莊，故他的妻稱莊姬。那時趙朔當已死。成公五年，趙嬰的兩兄趙原、趙屏，即趙同、趙括，因趙嬰和莊姬通姦，把趙嬰放逐到齊國去。成公八年，趙莊姬因趙同、趙括把趙嬰放逐出去，即向晉景公誣告趙同、趙括要造反。莊姬是晉成公女，晉景公是她的兄或弟，所以她可以向晉景公誣告。晉景公聽了，殺了趙同、趙括。趙武是趙朔和莊姬所生，晉景公是趙武之舅。趙朔已死，趙嬰被放逐，趙同、趙括被殺，所以莊姬回到娘家，其子趙武就住在晉景公宮中。趙同、趙括被殺後，趙家的田產沒收，分給祁奚。韓厥對晉景公説，趙家像趙真、趙盾父子，對晉國有功，不該沒收他家產業，於是立趙武，把趙家的田產還給他。照《左傳》所講，那麼在成公四年趙武早已出生。《左傳》寫成公八年，晉殺趙同、趙括，又把趙家的產業分給趙武。據楊伯峻先生《春秋左傳注》：“據《趙世家》韓厥勸晉景公復立趙武，應在兩年後晉景公患病時。”即在晉景公十年時。據《趙世家》晉景公復立趙武時，趙武已十五歲，即晉景公十年，趙武十五歲，那麼晉景公八年，晉殺趙同、趙括時，趙武已十三歲了。這就跟《趙世家》講的保護趙氏孤兒的説法不同。照《趙世家》説，趙同、趙括被殺時，趙武還是在莊姬腹內的遺腹子，説趙朔也在那時被殺，就跟《左傳》講的不一樣了。

《左傳》成公八年：“（趙）武從（莊）姬氏畜於公宮”句下，孔穎達疏稱：“《史記·趙世家》又稱：有屠岸賈者，有寵於靈公，此時為司寇，追論趙盾弒君之事，誅趙氏，殺趙朔、趙同、趙括而滅其族。案二年傳，欒書將下軍，則於時朔已死矣。同、括為莊姬所譖，此年見殺，趙朔不得與同、括俱死也。於時晉君明，諸臣強，無容有屠岸賈輒廁其間，得如此專恣。又説云，公孫杵臼取他兒代武死，程嬰匿武於山中，居十五年，因晉侯有疾，韓厥乃請立武為趙氏後，與《左傳》皆違。馬遷妄説，不可從也。”

孔穎達在疏裏對《史記·趙世家》裏講趙氏孤兒的事作了辨別考證，證明是司馬遷妄説，不可從。這是對的。不過司馬遷在《趙世家》裏講的趙氏孤兒的故事，一定是有所據的，可能是民間的傳説。這種民間傳説，不一定合於歷史真實，是民間借古喻今的一種創作。這種創作，借趙家被屠殺的故事，集中概括了封建統治階級殘酷屠殺忠良的罪行，也塑造了救護忠良後嗣、甘於犧牲的義士。因此，元代紀君祥根據趙氏孤兒的傳說，創作了《趙氏孤兒》雜劇，成為傳世的名作。

十一　人而傳有同異

　　《史記》和《漢書》中有關漢朝人物的傳記，《漢書》往往根據《史記》中的傳記再加改定，《漢書》中所改往往不如《史記》，這在前面已講到了。但《漢書》中的傳記，也有勝過《史記》的。這跟上面講"立體的懂"裏講"部次條別之法"有關。如賈誼，《史記》列在《屈原賈生列傳》裏，把屈原和賈誼兩個合傳。司馬遷寫這篇合傳的用意，因為屈原和賈誼，都是"信而見疑，忠而被謗"，都被貶謫，又都以辭賦著名，所以都在兩人傳裏錄了他們所著的辭賦，這是按照他的部次條別之法來這樣編成合傳的。班固在《漢書》裏替賈誼立了專傳，不僅因為屈原是戰國時代人，不能收入《漢書》，更因為班固替賈誼立專傳，認為賈誼除了寫他的"信而見疑，忠而被謗"，被貶謫及是著名的辭賦家外，還有很傑出的成就。對這些很傑出的成就，《史記》裏沒有給與應有的敍述，《漢書》裏作了充分的發揮。在這方面，《漢書》就超過《史記》了。

　　《漢書・賈誼傳》稱："是時匈奴強，侵邊。天下初定，制度疏闊，諸侯王僭儗，地過古制，淮南、濟北王皆為逆誅。誼數上疏陳政事，多數欲匡建。"這是總說當時的形勢和存在的問題，提到賈誼的陳政治疏，針對當時存在的各種大問題，提出解決的措施，使賈誼成為一位傑出的政論家。下面引了他的陳政治疏。就重要的說，有治安策。指出封建諸侯國的弊病，"下數被其殃，上數爽其憂（因侯國差錯造成憂患），甚非所以安上而全下也"，因侯國的叛亂而禍國殃民。他建議："欲天下之治安，莫若眾建諸侯而少其力，力少則易使以義，國小則亡邪心。"主張讓侯國把他們的國土分封他們的諸子，國分得小了，就可避免叛亂了。又指出"天下之勢方倒懸"，"足反居上，首領居下"。指出匈奴侵掠，漢反"歲致金絮采繒以奉之"，即匈奴居上，漢居下。他提出制服匈奴的策略。又指出"商君遺禮義，棄仁恩"，"秦俗日敗"，沿襲到漢朝，"今世以侈靡相競，而上無制度，棄禮義，捐廉恥"，"逐利不耳，慮非顧行也"。他因此提出"移風易俗，使天下回心而向道"的主張。又提倡學校，指出："帝入東學，上親而貴仁"；"帝入南學，上齒而貴信"；"帝入西學，上賢而貴德"；"帝入北學，上貴而尊爵"；"帝入太學，承師問道"；"此五學者既成於上，則百姓黎民化輯於下矣"。又主張以禮義為治，稱："夫禮者禁於將然之前，而法者禁於已然之後"；"禮云禮云，貴絕惡於未萌，而起教於微眇，使民日遷善遠罪而不自知也"；"道之以德教者，德教洽而民氣樂；驅之以法令者，法令極而民風哀，哀樂之感，禍福之應也。"他針對當時存在的危機和問題，提出各種解決的辦法，是有深識遠見的。這些遠見卓識，《漢書》裏作了詳盡的記載，《史記》裏卻因限於部次條別之法，沒有作詳盡的記載，這是《史記》不如《漢書》的地方。

十二　事異而記法同

錢鍾書先生《管錐編》210 頁《左傳》成公十六年：

"楚子登巢車以望晉軍，子重使太宰伯州犁侍於王後。王曰：'騁而左右，何也？'曰：'召軍吏也。''皆聚於中軍矣。'曰：'合謀也。''張幕矣。'曰：'虔卜於先君也。''徹幕矣。'曰：'將發命也。''甚囂且塵上矣。'曰：'將塞井夷灶而為行也。''皆乘矣。左右執兵而下矣。'曰：'聽誓也。''戰乎？'曰：'未可知也。''乘而左右皆下矣。'曰：'戰禱也。'"按不直書甲之運為，而假乙眼中舌端出之！純乎小說筆法矣。……甲之行事，不假乙之目見，而假乙之耳聞亦可，如迭更司小說中描寫選舉，從歡呼聲之漸高知事之進展，其理莫二也。西方典籍寫敵家情狀而手眼與左氏相類者，如荷馬史詩中特洛伊王登城望希臘軍而命海倫指名敵師將領，塔索史

《管錐編》書影

詩中回教王登城望十字軍而命愛米妮亞指名敵師將領，皆膾炙人口之名章佳作。然都無以過於《元秘史》卷七中一節者，足使盲丘明失色而盲荷馬卻步也，茲撮錄之。"成吉思汗整治軍馬排陣了，乃蠻軍馬卻退至納忽山崖前，緣山立住。彼時札木合亦在乃蠻處。塔陽問：'那趕來的如狼將羣羊直趕至圈內，是甚麼人？'札木合說：'是我帖木真安答用人肉養的四個狗，……如今放了鐵索，垂涎着歡喜來也。……'塔陽說：'似那般呵，離得這下等人遠者。'遂退去跨山立了。又問：'那後來的軍，如吃乳飽的馬駒繞他母喜躍般來的是誰？'札木合說：'他是將有槍刀的男子殺了剝脫衣服的……二種人。'塔陽說：'既如此，可離的這下等人遠者。'又令上山去立了。又問：'隨後如貪食的鷹般當先來的是誰？'札木合道：'是我帖木真安答渾身穿着鐵甲。……你如今試看。'塔陽說：'可懼！'又令上山立了。又問：'隨後多軍馬來的是誰？'札木合說：'是訶額侖母的一個兒子，……吞一個全人呵，不勾點心。……大拽弓射九百步，小拽弓五百步。……'塔陽說：'若那般呵，咱可共佔高山上去了。'又問：'那後來的是有誰？'札木合說：'是訶額侖最少的子……'於是塔陽遂上山頂立了。"有問則退，隨對而退，每退愈高，敍事亦如羊角旋風之轉而益上。言談伴以行動，使敍述之堆垛化為煙雲，非老於文學者安能辨是？《左傳》等相形遂嫌鋪敍平板矣。

按《左傳》寫的，把晉軍戰前的一切活動佈置，都通過楚王眼中看到，伯州犂口中說出，使後來的人知道。這是很難得的資料。

再看《元秘史》寫的，成吉思汗軍馬的活動，通過乃蠻的塔陽問、札木合答來表達。在問答中，不光問成吉思汗的軍馬怎樣行動，還用了比喻，如"狼將羣羊直趕至圈內"、"用人肉養的四個狗"、"如吃乳飽的馬駒繞他母喜躍般來的"，用了這樣的比喻，更加強了形象性，更顯得鮮明生動了。

十三　內容異而首尾呼應同

錢鍾書先生《管錐編》228 頁《左傳》昭公五年：

"楚子欲辱晉，大夫莫對，蒍啟強曰：'可！苟有其備，何故不可？……未有其備，使羣臣往遺之禽，以逞君心，何不可之有？'"……首言有備則可，中間以五百餘字敷陳事理，末言無備則必不可，而反言曰："何不可"，陽若語紹，陰則意違。此節文法，起結呼應銜接，如圓之周而復始。《中庸》"道之不行也，我知之矣"一節，結云："道其不行矣夫！"首尾鈎連；以斷定語氣始，以疑歎語氣終，而若仍希冀於萬一者，兩端同而不同，彌饒姿致。若《大學》"故君子必慎其獨也"節，《鄉飲酒義》"吾觀於鄉而知王道之易易也"節。《公羊傳》桓公二年"孔父可謂義形於色矣"節，僖公十年"荀息可謂不食其言矣"節，莊公十二年"仇牧可謂不畏強禦矣"節，《戰國策·趙策》三"勝也何敢言事"節，首句尾句全同，重言申明，此類視《左傳》、《中庸》，便苦板鈍。如《檀弓》曾子怒曰："商，汝何無罪也！……而曰爾何無罪歟？"《穀梁傳》僖公十年，"里克所為殺者，為重耳也。夷吾曰：'是又將殺我乎？'……故里克所為弒者，為重耳也。夷吾曰：'是又將殺我也！'"此類掉尾收合，稍出以變化，遂較跌宕。《孟子・梁惠王》章孟子對曰："王何必曰利？亦有仁義而已矣。……王亦曰仁義而已矣，何必曰利！"回環而顛倒之，順下而逆接焉，兼圓與叉（見《毛詩》卷論《關雎》五），章法句法，尤為致密。試拈《楚策》三陳軫曰："捨之，王勿據也；以韓侈之智，於此困矣。……捨之，王勿據也；韓侈之智，於此困矣"；順次呼應，與《孟子》相形，風神大減。……《左傳》、《孟子》、《中庸》、《穀梁傳》諸節，殆如騰蛇之欲化龍者矣。

錢先生在這裏指出"兼圓與叉"，"圓"指首尾呼應，作圓形；"叉"指首與尾的呼應又有些參差，不完全相同，稱"丫叉句法"。如《史記・老子傳》："鳥吾知其能飛，魚吾知其能游，獸吾知其能走；走者可以為網，游者可以為綸，飛者可以為矰"，前面講飛、游、走，下面承接成了走、游、飛，跟前面不一致，這即指丫叉句法。這裏講的首尾要呼應是圓，呼應的話又要有些不一致是叉，兼圓與叉，才有風神，有圓而無叉，風神大減。錢先生指出這點，是值得加以體會的。像《左傳》裏楚子欲辱晉，薳啟強認為有備則可，無備則不可，反說"何不可"，這就跟開頭說可丫叉了。這樣丫叉，才符合薳啟強的真情實感，倘開頭說可，結束也說可，就不符合他的情意了。再像《中庸》，"子曰：'道之不行也，我知之矣。知者過之，愚者不及也。……'子曰：'道其不行矣夫！'"開頭的話用肯定句，結尾的話用感歎句，從肯定到感歎，才真切地表達了孔子的心情，倘再用肯定句，就不能表達孔子的感歎了。再像《孟子·梁惠王》所記，王問何以利吾國，孟子針對王問利來說，所以說"王何必曰利，亦有仁義而已矣"。先提利，後提仁義。接着說明仁義的重要，經過說明，孟子認為梁惠王應該認識到仁義的重要了，所以結尾說："王亦曰仁義而已矣，何必曰利！"先提仁義，後提利，只有這樣說，才符合孟子的想法。因此，兼圓與叉才符合人物心情的真實感受。

十四　擬分類狀物而有變化

　　韓愈的《畫記》被推為摹仿《周禮·考工記》和《尚書·顧命》而出以變化的成功之作。先看《考工記·梓人》：

　　梓人為笱虡（木工做掛樂器的架子）。天下之大獸五：脂者（牛羊類），膏者（豕類），臝者（虎豹等毛短的），羽者（鳥類），鱗者（龍蛇類）。宗廟之事，脂者、膏者以為牲（用牛羊豕作三牲來祭）。臝者、羽者、鱗者以為笱虡（把虎豹、鳥、龍、蛇等刻在掛鐘的木架上）。

　　外骨（龜類），內骨（鱉類，因甲外有肉緣故稱）；卻行（蚰蜒），仄行（蟹類），連行（魚類），紆行（蛇類）；以脰鳴者（蛙用項鳴），以注鳴者（蟋蟀），以旁鳴者（蟬），以翼鳴者（甲蟲），以股鳴者（一種蟲），以胸鳴者（蜥蜴），謂之小蟲之屬，以為雕刻（把各種小蟲刻在祭器上）。（《周禮》卷四一）

這裏先是分類，分為大獸和小蟲。大獸再分為五，稱"脂者、膏者"等。把小蟲再分為三：一種以骨分，分外骨、內骨；一種以行分，分卻行、仄行等；一種以鳴分，分以脰鳴、以注鳴等。這篇就是這樣分類的。此外是狀物，如脂者、膏者是狀物，説外骨、內骨，卻行、仄行等也是狀物。

又《顧命》：

一人冕（戴禮帽）執劉（大斧類），立於東堂；一人冕執鉞（大斧），立於西堂；一人冕執戣（戟屬），立於東垂（邊）；一人冕執瞿（戟屬），立於西垂；一人冕執鋭（矛屬），立於側階。（《尚書》卷六）

韓愈的《畫記》就是仿照《梓人》和《顧命》寫的，但寫得有變化，所以成功：

雜古今人物畫小畫共一卷。騎而立者五人，騎而被甲戴兵立者十人，一人騎執大旗前立，騎而被甲戴兵行且下牽者十人，騎且負者二人，騎執器者二人，騎擁田犬者一人……徒而驅牧者二人，坐而指使者一人，甲冑手弓矢鈇鉞植者七人，甲冑執幟植者十人，負者七人，偃臥者二人，……婦人以孺子載而可見者六人，載而上下者三人，孺子戲者九人。凡人之事三十有二，為人大小百二十有三，而莫有同者焉。

馬大者九匹，於馬之中，又有上者、下者、行者、牽者、涉者、陸者、翹者、顧者、鳴者、寢者、訛者、立者、人立者、齕者、飲者、溲者、陟者、降者、癢磨樹者、噓者、嗅者、喜相對者、怒相踶者、秣者、騎者、驟者、走者、戴服物者、戴狐兔者，凡馬之事二十有七，為馬大小八十有三，而莫有同者焉。（《韓昌黎集》卷十三上）

這篇《畫記》主要是記人和馬，下面還有記牛、橐駝、驢、犬、羊、狐、兔、麋鹿，記斿車，記弓矢等兵器、瓶盂等器物，比較次要，就不引原文了。先看記人，分為好多種，用"者"字來分，再記人數，如"騎而立者五人"等。這樣寫，仿照《顧命》。《顧命》是先寫人數，再寫執甚麼兵器，再寫立在何處。《畫記》裏記人，先寫人怎樣活動，如"騎而立者"，再寫人數，如"五人"。《畫記》裏把人的活動分為多少種，像"騎而被甲戴兵立"，"騎且負"，"騎執器"等，每種下加"者"字來做區別，這就跟《顧命》的寫法有不同。這種不同，由《顧命》裏寫人的活動簡單，到《畫記》裏寫人的活動複雜，是適應內容的不同來變的。不僅這樣，《畫記》裏記人物的活動，為了避免呆板，寫法也有變化，如其中的"一人騎執大旗前立"，這句的寫法就跟上下文不同，要是改作"騎而執大旗前立者一人"，就和上下文一致了。作者在這裏有意改變寫法，避免呆板。正由於這樣寫，仿照《顧命》而又有變化，不是單純的摹仿了。

再看寫馬的部分，寫出馬的各種形態，用"上者、下者、行者、牽者"等，用"者"字來分別各種形態，這是仿照《梓人》的"脂者、膏者、裸者"等的寫法。《梓人》這樣寫比較簡單，《畫記》裏寫馬的各種形態就比較複雜。再說，《畫記》裏記人和馬都有個總結，如"凡人之事三十有二，為人大小百二十有三"，記馬也有類似的記法，這又是結合畫的特點，不同於《梓人》的記法。因有這樣的變化，這就使這篇《畫記》，雖有摹仿又有變化，使它成為成功之作。

十五　擬對問自解而有創見

《文心雕龍・雜文》篇稱:

> 宋玉含才,頗亦負俗,始造對問,以申其志。……自對問以後,東方朔效而廣之,名為《客難》,託古慰志,疏而有辨。揚雄《解嘲》,雜以諧讔,回環自釋,頗亦為工。班固《賓戲》,含懿采之華;崔駰《達旨》,吐典言之裁。

自從宋玉作了《對楚王問》,通過一問一答來申說自己的志願以後,人家就紛紛仿效。東方朔仿作《答客難》,揚雄仿作《解嘲》,班固仿作《答賓戲》,這四篇都選在蕭統的《文選》裏,被認為是較好的。後來的仿作,像《雜文》篇裏講的,有崔駰《達旨》、張衡《應間》、崔寔《答譏》、蔡邕《釋誨》、郭璞《客傲》、曹植《客問》、庾敳《客咨》、都沒有選進《文選》。就這四篇選進《文選》的看,後三篇是不是雖摹仿而也有創新呢?

先看宋玉《對楚王問》:

> 楚襄王問於宋玉曰:"先生其有遺行與?何士民眾庶不譽之甚也?"宋玉對曰:"唯!然,有之。願大王寬其罪,使得畢其辭。客有歌於郢中者,其始曰《下里巴人》,國中屬而和者數千人。其為《陽阿薤露》,國中屬而和者數百人。其為《陽春白雪》,國中屬而和者,不過數十人。引商刻羽,雜以流徵,國中屬而和者,不過數人而已。是其曲彌高,其和彌寡。"
> (《古文觀止》卷四)

宋玉用音樂來比,認為低級的音樂《下里巴人》,和着唱的有數千人；中級的《陽阿薤露》，和着唱的有數百人；高級的《陽春白雪》，和着唱的不過數十人。更高級的歌，和着唱的不過數人而已。接下去他自比鳳凰，在高天飛翔，把羣眾比作小雀，是不可能了解鳳凰的。這篇是高自稱許，用來貶低羣眾。但因為他用問答體來寫，通過別人問自己答來表達自己的志願，這種體裁對後來很有影響，所以被肯定。

再看東方朔的《答客難》：

客難東方朔曰："蘇秦張儀，一當萬乘之主，而身都（居）卿相之位，澤及後世。今子大夫修先王之術，慕聖人之義，……自以為智能，海內無雙，……官不過侍郎，位不過執戟，意者尚有遺行耶……"東方先生喟然長息，仰而應之曰："……彼一時也，此一時也，豈可同哉！夫蘇秦張儀之時，……並為十二國，未有雌雄，得士者強，失士者亡，故說得行焉。……今則不然，聖帝德流，天下震懾……賢與不肖，何以異哉！……上下和同，雖有賢者，無所立功。故曰時異事異。雖然，安可以不務修身乎哉！"（《文選》卷四五）

東方朔仿照宋玉的一篇寫的，內容變了，認為時代不同，士人的遇不遇也不同了。在戰國時代，各國君主急於求賢，故士人可以一說而得卿相的位子。到了大一統時代，上下和同，雖有賢才，無所立功，只能處在下位，但還應該修身。這篇雖用一問一答來表達自己的見解，內容是全新的，不是摹仿，是創作，所以是成功的。

再看揚雄的《解嘲》：

客嘲揚子曰：“吾聞上世之士，……生必上尊人君，下榮父母，……紆青拖紫，朱丹其轂。今吾子幸得遭明盛之世，處不諱之朝，……然而位不過侍郎，擢才給事黃門，意者玄得無尚白乎？（揚雄著《太玄》，玄是黑，有人認為《太玄》無用，所以說玄得無尚白嗎？）何為官之拓落也？”揚子笑而應之曰：“客徒朱丹吾轂，不知一跌將赤吾之族也。”（《文選》卷四五）

以下也講時代不同，戰國時“得士者富，失士者貧”，所以士子得意。到了漢朝大一統，“高得待詔，下觸聞罷，又安得青紫”。命意跟《答客難》相似。不過在文辭上有可取處。如說：“客徒朱丹吾轂，不知一跌將赤吾之族也。”朱丹指紅色，車子漆紅色，指官高。從紅轉到赤，從赤變到赤族，即滅族，用了雙關格。再像說大一統時，人才多一些少一些都無所謂，作“乘（四）雁集不為之多，雙鳧飛不為之少”，工於用比喻格。又全篇用了不少典故，即工於用對偶格、引用格，在這些方面有特色，所以也是被肯定的。

再看班固的《答賓戲》：

賓戲主人曰：“……太上有立德，其次有立功。夫德不得後身而特盛，功不得背時而獨彰……由此言之，取捨者昔人之上務，著作者前列之餘事耳。今吾子幸遊帝王之世，躬帶紱冕之服，……卒不能擄首尾，奮翼鱗，……徒樂枕經籍書，紆體衡門，……意者且運朝夕之慮，定合會之計，使存有顯號，亡有美謚，不亦優乎？”主人逌（音攸，寬舒貌）爾而笑曰：“若

賓之言，所謂見世利之華，暗道德之實，守窒奧之熒燭，未仰天庭而睹白日也。"（《文選》卷四五）

接下來也講時世不同，顯晦不一，跟彼一時、此一時的説法一致，但有新的提法。即指出戰國時取得富貴的人，"朝為榮華，夕為憔悴，福不盈眥，禍溢於世，凶人且以自悔，況吉士而是賴乎？"於是賓第二次提問："敢問上古之士，處身行道，輔世成名，可述於後者，默而已乎？"主人提出有德有能的人建功立德，"用納乎聖德，烈炳乎後人"。這篇有新的提法：一是客人提問兩次，主人回答兩次，打破以前的只限於一問一答；二是指出戰國時的立談取卿相靠不住，要功德並重才可靠。有這兩個新變，所以是好的。

再看韓愈的《進學解》：

國子先生晨入太學，招諸生立館下，誨之曰："業精於勤，荒於嬉；行成於思，毀於隨。……諸生業患不能精，無患有司之不明；行患不能成，無患有司之不公。"言未畢，有笑於列者曰："先生欺余哉！弟子事先生，於茲有年矣。先生口不絕吟於六藝之文，手不停披於百家之編。記事者必提其要，纂言者必鉤其玄。……先生之於業，可謂勤矣。抵排異端，攘斥佛老。補苴罅漏，張皇幽眇。尋墜緒之茫茫，獨旁搜而遠紹。障百川而東之，回狂瀾於既倒，先生之於儒，可謂勞矣。沉浸濃郁，含英咀華。作為文章，其書滿家，上規姚姒（姚，舜姓，姒，禹姓，指《尚書》中的虞書、夏書），渾渾無涯。周誥殷盤（《尚書》中的周書、商書），佶屈聱牙。《春秋》謹嚴，

《左氏》浮誇。《易》奇而法，《詩》正而葩。下逮《莊》、《騷》，太史所錄。子雲、相如，同工異曲。先生之於文，可謂宏其中而肆其外矣。……然而公不見信於人，私不見助於友。跋前躓後，動輒得咎。頭童齒豁，竟死何裨，不知慮此，而反教人為。"（《古文觀止》卷八）

下面先生提出人的才能有大小，他的才能小，"投閒置散，乃分之宜"。用來解答弟子的提問，藉弟子的提問來發牢騷。

這篇《進學解》，跟《答客難》、《解嘲》等文比，又有新創。一是先由國子先生勉勵學生勤學力行，一定有前途，然後引出學生的嘲笑。這跟以前各篇一開頭就有客人嘲笑的不同。二是以前各篇大都從彼一時、此一時，時代不同立論；這篇從人的才能有大小立論，命意不同。三是以前各篇或從立德立功方面立論，這篇突出國子先生即韓愈在理論上、在文學上的傑出成就。在理論上即宣揚儒家學說來排斥佛教道教，在文學上突出的是推重《莊子》、《史記》。在韓愈以前，劉勰的《文心雕龍》評論諸子散文，不突出《莊子》，評論史傳文學，不突出《史記》，劉知幾《史通》評論史書，推重《漢書》而貶低《史記》，到了韓愈，才突出《莊子》、《史記》的傑出成就。錢鍾書先生《管錐編》第467頁特別推重，稱："韓愈《進學解》：'下逮《莊》、《騷》，太史所錄'，《送孟東野序》復以莊周、屈原、司馬遷同與'善鳴'之數，……文章具眼，來者難誣，以迄今茲，遂成公論。"三是《進學解》提出："沉浸濃郁，含英咀華"；"子雲相如，同工異曲"。清代劉開《與阮芸台宮保（元）論文書》稱："韓退之取相如之奇麗，法子雲之宏肆，故能推陳出新，徵引波瀾，鏗鏘金石，以窮極聲色……宋諸家疊出，乃舉而空之，……於是文體薄弱，無復沉浸濃郁之致，瑰奇壯偉之觀"。這裏指出韓愈論文講究沉浸濃郁的突出成就。《進學解》仿照《答客難》、《解嘲》，其中提出這三點來立論的突出成就，是以前這類文章所沒有的，所以它是有創新的名文。

十六　對問與七事分敍的因襲與創新

　　同樣仿照對問和列舉幾件事來分別敍述，有的是因襲，有的是創新，關鍵在內容和命意上。錢鍾書先生《管錐編》第 637 頁："枚乘命篇，實類《招魂》、《大招》，移招魂之法，施於療疾，又改平鋪而為層進耳。"先看《楚辭·招魂》：

　　帝告巫陽曰："有人在下，我欲輔之，魂魄離散，汝筮予之。"巫陽對曰："掌夢，上帝其命難從，若必筮予之，恐後之謝不能復用巫陽焉。"（《文選》卷三三）

上帝要巫陽去招魂，先占卜一下魂在何處，再去招。巫陽說招魂是掌夢管的，上帝要他先占卜，這個命令難從，因怕後來的人只求占卜，不能再用巫陽了，因此就去招魂。這一段即兩人對話。下面講招魂，向東南西北四方招魂，再要魂返故居，說故居堂榭怎麼好；再講室內有多少美女怎樣好；再寫那裏的飲食怎樣美好；那裏的音樂歌舞怎樣美好；最後講到夢澤中去打獵怎樣好。錢先生認為枚乘《七發》講兩人對問列舉七件事來分別敍說，就是從《招魂》來的。

枚乘《七發》："楚太子有疾，而吳客往問之曰：'伏聞太子玉體不安，亦少間乎？'太子曰：'憊，謹謝客。'"（《文選》卷三四）從兩人一問一答開頭。下面分事來寫，一事講音樂的美妙，"'太子能強起聽之乎？'太子曰：'僕病未能也'"；二事講各種美味，太子也未能起嚐；三事講騎射的好處，太子也未能去騎；四事講遊觀景物及觀賞歌舞，太子也未能觀賞；五事講打獵，太子有起色；六事講觀海濤，太子未能起觀；七事講請方術之士來講要言妙道，太子起來，"霍然病已"。這篇《七發》，分七事來啟發太子，其中列舉音樂、美味、騎射、遊觀、打獵等，跟《招魂》的寫法，有相似處。錢先生指出《招魂》列舉各種美好事物是平鋪，《七發》改為層進，如聽了講打獵，太子有起色，即進了一步；聽了要言妙道而病癒，更進了。《七發》雖仿照《招魂》，從招魂改為治病，從平鋪改為層進，內容也有不同，像《七發》中講觀濤一節，極為精彩，是全新的。因此《七發》是屬於創新的名篇。

枚乘創作《七發》後，摹仿《七發》的不少，收在《文選》裏的有曹植《七啟》、張協《七命》兩篇。《七啟》（《文選》卷三四）寫玄微子在隱居，鏡機子去看他，下面分敍七事：一事講美味，"玄微子曰：'予甘藜藿，未暇此食也'"；二事講服飾，"玄微子曰：'予好毛褐，未暇此服也'"；三事講打獵，"玄微子曰：'予樂恬靜，未暇此觀也'"；四事講宮館園林，"玄微子曰：'予耽巖穴，未暇此居也'"；五事講音樂歌舞，"玄微子曰：'予願清虛，未暇此遊也'"；六事講遊使，玄微子稱善；七事講聖道，玄微子興起，"願返初服，從子而歸"，不再隱居了。

再看張協《七命》(《文選》卷三五)，寫沖漠公子在隱居，殉華大夫去看他，下面也分敍七事。一事講音樂，要公子去聽，"公子曰：'余病未能也。'"二事講宮觀園林，要他去住。"公子曰：'余病未能也。'"三事講打獵，要他參加，"公子曰：'余病未能也。'"四事講寶劍，要他佩帶，"公子曰：'余病未能也。'"五事講駿馬，要他去駕御，"公子曰：'余病未能也。'"六事講美味，公子曰："余病未能也。"七事講太平德化，"公子蹶然而興"，"請尋後塵"，跟着大夫走了。

　　這兩篇雖然選入《文選》，從一問一答到分列七事來敍述，列舉的內容和設想，摹仿的痕跡太顯，都不成為成功之作。真正成為成功之作的，當推柳宗元的《晉問》：

　　吳子問於柳先生曰："先生晉人也，晉之故宜知之。"曰："然。""然則吾願聞之，可乎？"曰："可。"(《柳宗元集》卷十五)

接下來講晉之山河，表裏險固，為一事。吳子認為"表裏山河，備敗而已，非以為榮觀"，"願聞其他"。先生講晉之金鐵，甲堅而刃利，為二事。吳子認為"夫兵之用，由德則吉"，"況徒以堅甲利刃之為上哉"！先生講晉之名馬其強可恃，為三事。吳子認為"恃險與馬"不可以為固，"請置此而新其説"。先生講晉之北山，其木材可取，為四事。吳子稱君子"不患材之不己有"，以材為不足患。先生講晉之河魚，可為偉觀，為五事。吳子以為"一時之觀，不足以誇後世"，"姑欲聞其上者"。先生講晉之鹽寶，可以利民，為六事。吳子曰："此可以利民矣，而未為民利也。"

先生曰："願聞民利。"吳子曰："安其常而得所欲，服其教而便於己，……所謂民利，民自利者也。"先生言晉文公霸業之盛，"推德義，立信讓"，"其遺風尚有存者。若是可以為民利也乎"？吳子曰："近之矣，然猶未也。"先生稱晉有堯之遺風，"故其人至於今儉嗇，有溫恭克讓之德"，"願以聞於子何如"？吳子稱"美矣善矣"，"舉晉國之風以一天下，如斯而已矣"。為七事。

這篇《晉問》，也是一問一答，也是列舉七事來講，但它是創新而非因襲。一是命意新。以前各篇，《七發》是藉七件事來啟發太子，使太子病癒；《七啟》、《七命》是藉七件事來啟發隱士，使隱士拋棄隱居生活。《晉問》不同，問晉地有甚麼好處，可以福國利民，意義更為深遠。二是《七發》等講的啟發，理由不夠充分，如所舉六事都不能使吳太子振作起來，聽了要言妙道，卻"霍然病已"，要言妙道講的是甚麼，沒有內容，只有空話，這就缺乏說服力。再就講了七事，說其中有的事物使太子聽了有起色，為甚麼也不清楚，因此這七事的有進層，也比較空，缺乏說服力。《晉問》不同，吳子的問話是在逼進的，如第一事講表裏山河，吳子認為光有山河險固不可靠；第二事講甲堅刃利，吳子認為徒有堅甲利刃也不可靠。下面講名馬、木材、河魚、鹽寶，講到可以利民，是進一步了。吳子還不滿意，提出"為民利"。於是講到晉文公的德教，就更進一步了。但吳子認為霸者之教還不夠。於是講到堯的德教，即王者的德教，可以推廣到天下，就更進一步。這樣層層深入，又是新的寫法。再像以前的一問一答，總是甲問乙答，《晉問》不同。像第六段講晉之鹽寶，可以利民，吳子認為"未為民利"，接下先生問"願問民利"，即在甲問乙答外，又加入乙問甲答，這又是一種新變。因此從命意到內容到形式，《晉問》都有創新，是創造的成功之作，從這裏看到新變的重要。

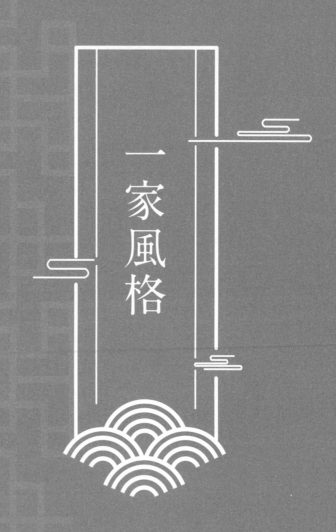

一家風格

◇　◇　◇　◇

　　上面談"比較"，主要就古文選本中的文章，從它們在命意、題材、結構等方面有相類似而可以比較的，加以比較，通過比較，指出其中的得失，對我們鑒賞古文作初步的嘗試。再進一步，是不是去讀專集。劉勰在《文心雕龍・體性》篇裏講到文章的風格，分作品的風格和作家的風格。同一作家寫的作品，由於題材的不同，作家處境的不同，心情的不同，作家早期作品和晚年作品的不同，可能具有不同的風格，這即屬於作品的風格。一位成熟的作家，又有他自己的作家風格。一家風格即讀一家的專集，看這位古文家的作品風格和作家風格。這裏試以韓愈、歐陽修、蘇軾為例分別作點介紹。

一　韓愈

先看韓愈文章的風格，《朱子語類》：“退之要說道理，又要則劇，有平易處極平易，有險奇處極險奇。”（中華書局，3303頁）先看平易的，如《與孟東野書》：

> 與足下別久矣，以吾心之思足下，知足下懸懸於吾也。各以事牽，不可合併。其於人人，非足下之為見，而日與之處，足下知吾心樂否也。吾言之而聽者誰歟？吾唱之而和者誰歟？言無聽也，唱無和也，獨行而無徒也，是非無所與同也，足下知吾心樂否也。（《韓昌黎集》卷十五）

這篇文章是寫得平易的，文從字順，無不達之意，風格是自然流暢的。

韓愈的文章有奇險的，如《南海神廟碑》：

> 省牲之夕，載暘載陰。將事之夜，天地開除，月星明概。……海之百靈秘怪，慌惚畢出，蜿蜿蚰蚰，來享飲食。（《韓昌黎集》卷三一）

按馬通伯《韓昌黎文集校注》引劉大櫆曰：“此以所得於相如、子雲者為之，故敍祠祀而《上林》、《甘泉》之體，奔赴腕下，富麗雄奇。”這篇的風格摹仿司馬相如、揚雄，所謂奇麗，與上一篇不同。

再像《送董邵南序》，馬通伯校注：“劉大櫆曰：‘退之以雄奇勝，獨此篇及《送王含序》，深微屈曲，讀之，覺高情遠韻，可望不可及。”（《韓昌黎文集校注》卷四）這篇的正意不直接說出，

韓愈像

婉轉地透露。董邵南應進士考試，屢次不得志，不能做官，便要到河北去投藩鎮，所以説："燕趙古稱多感慨悲歌之士，董生舉進士，連不得志於有司，懷抱利器，鬱鬱適茲土，吾知其必有合也，董生勉乎哉！"先説他去一定有合的，肯定他去。再加申説："夫以子之不遇時，苟慕義強仁者，皆愛惜焉，矧燕趙之士，出乎其性者哉！"説明他此去有合的理由，歸到"燕趙多感慨悲歌之士"。接下來一轉，從"古"轉到"今"，"然吾嘗聞風俗與化移易，吾惡知其今不異於古所云耶？聊以吾子之行卜之也，董生勉乎哉！"這一轉，怕今與古不同，合不合就不一定了，再回到贈序，所以説姑且讓你去試一下。這一轉，就從"有合"轉到不一定合了。"吾因子有所感矣，為我弔望諸君（樂毅）之墓，而觀於其市，復有昔時屠狗者乎？為我謝曰：明天子在上，可以出而仕矣。"這裏提出"因子有所感"，因你的去而有所感，這個感是呼應上文，上文提到"古"、"今"可能有所變化，因此提出弔樂毅墓，是弔古，"觀於其市"是觀今，倘再有像古代的屠狗者，指荊軻的朋友，指有才而不遇者，要勸那種人到朝廷來做官，那麼不滿意董邵南去河北投藩鎮的意思就透露出來了。這篇序就通過轉折和比喻，來透露正意，是含蓄的。按韓愈的文章，一般是雄奇的，這篇卻是婉轉的。

再像《試大理評事王君墓誌銘》：

初，處士將嫁其女，懲曰：“吾以齟齬窮，一女憐之，必嫁官人，不以與凡子。”君曰：“吾求婦氏久矣，惟此翁可人意。且聞其女賢，不可以失。”即譖謂媒嫗：“吾明經及第，且選，即官人。侯翁女幸嫁，若能令翁許我，請進百金為嫗謝。”諾許，白翁，翁曰：“誠官人耶？取文書來。”君計窮吐實，嫗曰：“無苦，翁大人，不疑人欺。我得一卷書，粗若告身者，我袖以往，翁見未必取視，幸而聽我，行其謀。”翁望見文書銜袖，果信不疑，曰：“是矣。”以女與王氏。（《韓昌黎集》卷二八）

這篇裏敍這件事，風格屬於詼諧。這些都屬於作品的風格。

韓愈作家的風格，正像蘇洵講的：“韓子之文，如長江大河，渾灝流轉，魚黿蛟龍，萬怪惶惑，而抑遏蔽掩，不使自露，而人望其淵然之光，蒼然之色，亦自畏避，不敢迫視。”（《嘉祐集》卷十一《上歐陽內翰書》）

這裏蘇洵以長江大河的渾灝流轉，比喻韓愈文章的氣勢旺盛。韓愈《答李翊書》：“氣，水也；言，浮物也……氣盛則言之短長與聲之高下者皆宜。”（《韓昌黎集》卷十六）所以用長江大河來比氣盛。又稱“魚黿蛟龍，萬怪惶惑”，這是甚麼意思呢？李翔《祭吏部韓侍郎文》："開合怪駭，驅濤湧雲。"（《李文公集》卷十六）"驅濤湧雲"即指韓愈文"如長江大河，渾瀰流轉"；"開合怪駭"，即指"魚黿蛟龍，萬怪惶惑"。又孫樵《與王霖秀才書》，稱韓愈《進學解》"拔地倚天，句句欲活，讀之如赤手捕長蛇，不施控騎生馬"。（《孫樵集》卷二）這即有"萬怪惶惑"的意思吧。又皇甫湜《韓文公墓銘》："茹古涵今，渾渾瀰瀰，不可窺校。及其酣放，豪曲快字，凌紙怪發，鯨鏗春麗，驚耀天下。"（《皇甫持正文集》卷六）這裏講的"渾渾瀰瀰"，即指"如長江大河，渾瀰流轉"；這裏講的"凌紙怪發，鯨鏗春麗，驚耀天下"，當即指"魚黿蛟龍，萬怪惶惑"。李漢《昌黎先生文集序》："詭然而蛟龍翔，蔚然而虎鳳躍。"（《韓昌黎集》）這裏也提到"蛟龍"。這樣看來，說韓愈文章內容，有如"魚黿蛟龍，萬怪惶惑"，可能是指：一像朱熹說的韓文有極險奇處；一像孫樵說的，韓文如《進學解》，內容卓越奇特。就《進學解》說，"抑遏蔽掩，不使自露"，即用並不奇險的文辭，來掩蓋他奇特卓異的內容吧。試看韓愈的《毛穎（毛筆）傳》：

秦始皇時，蒙將軍恬（蒙恬製毛筆，故稱）南伐楚，次（駐紮）中山，將大獵以懼楚。召左右庶長與軍尉，以《連山》（夏《易》名）筮之，得天與人文之兆。筮者賀曰："今日之獲，不角不牙。衣褐之徒，缺口而長須，八竅而趺居（指兔）。獨取其髦，簡牘是資，天下其同書。秦遂兼諸侯乎？"遂獵，圍毛氏之族，拔其豪（毛），載穎而歸，獻俘於章台宮，聚其族而加束縛焉（束毛為筆）。秦皇帝使恬賜之湯沐，而封諸管城（指筆管），號曰管城子，日見親寵任事。

潁為人強記而便敏，自結繩之代以及秦事，無不纂錄；陰陽、卜筮、占相、醫方、族氏、山經、地志、字書、圖畫、九流百家、天人之書及至浮圖（佛）、老子、外國之說，皆所詳悉。又通於當代之務，官府簿書、市井貨錢註記，惟上所使。自秦皇帝及太子扶蘇、胡亥、丞相（李）斯、中車府令（趙）高，下及國人，無不愛重。又善隨人意，正直邪曲巧拙，一隨其人。雖見廢棄，終默不泄。惟不喜武士，然見請亦時往。

累拜中書令，與上益狎，上嘗呼為中書君。上親決事，以衡石自程（石，百二十斤，限定一天看完百二十斤重的文書，當時文書還用竹簡木牘，較重），雖宮人不得立左右。獨潁與執燭者常侍，上休方罷，潁與絳人陳玄（陳舊而黑，指墨，唐時絳州貢墨）、弘農陶泓（陶器容水，指硯，唐時弘農貢硯）、會稽褚先生（楮皮製紙，指紙，唐時會稽貢紙）友善，相推致，其出處必偕。上召潁，三人者不待詔輒俱往，上未嘗怪焉。

後因進見，上將有任使，拂試之，因免冠謝。上見其髮禿，又所摹畫不能稱上意。上嘻笑曰："中書君老而禿，不任吾用。吾嘗謂君中書，君今不中書邪？"對曰："臣所謂盡心者。"因不復召，歸封邑，終於管城。其子孫甚多，散處中國夷狄，皆冒管城，惟居中山者，能繼父祖業。

太史公曰：……《春秋》之成，見絕於孔子而非其罪（孔子著《春秋》，到魯哀公十四年春，叔孫子的車夫子鉏商獲麟而絕筆，不再寫）。及蒙將軍拔中山之豪（兔毛），始皇封諸管城，世遂有名。……潁始以俘見，卒見任使。秦之滅諸侯，潁

與有功，賞不酬勞，以老見疏，秦真少恩哉！（《韓昌黎集》卷三六）

這裏對《毛穎傳》引得較多，因為柳宗元有《讀韓愈所著毛穎傳後題》稱：

有來南者，時言韓愈為《毛穎傳》，不能舉其辭，而獨大笑以為怪，而吾久不克見。楊子誨之來，始持其書，索而讀之，若捕龍蛇，搏虎豹，急與之角而力不敢暇，信韓子之怪於文也，……且凡古今是非六藝百家，大細穿穴用而不遺者，毛穎之功也。韓子窮古書，好斯文，嘉穎之能盡其意，故奮而為之傳，以發其鬱積，而學者得以勵，其有益於世歟！（《柳宗元集》卷二一）

柳宗元認為"且世人笑之也，不以其俳乎？"俳即戲謔，即為毛筆作傳，是以文為戲。柳宗元也稱"信韓子之怪於文也"，因為它像"捕龍蛇，搏虎豹"。這篇文章，從文辭看，沒有甚麼險奇的。那麼所謂"捕龍蛇，搏虎豹"，表現在哪裏呢？柳宗元指出"古今是非六藝百家，大細穿穴用而不遺"，指出毛筆的功用。在這篇裏講的這方面的話，一般人沒有想到的，顯得突出，這可能就是指"捕龍蛇，搏虎豹"吧。那麼所謂"魚黿蛟龍，萬怪惶惑"，當也指內容的卓越奇特說的。《毛穎傳》的另一個意義，即對"秦真少恩哉！"的感歎，所謂"以發其鬱積"，即司馬遷《報任少卿書》裏說的，"詩三百篇，皆賢聖發憤之所為作也"。此篇也有發憤感歎的話，所以值得稱美。

韓愈《答劉正夫書》說："足下家中百物皆賴而用也，然其所珍愛者必非常物。夫君子之於文，豈異於是乎？"（《韓昌黎集》卷十八）那麼所謂"魚黿蛟龍，萬怪惶惑"，大概指"非常物"說的，即指文中的特殊的命意或觀點，不同於常人之見，故使常人惶惑。又說"而抑遏蔽掩，不使自露"，指這種非常的命意或觀點，在文中出於自然，使人不感到突出。這是韓愈古文的一家風格。韓愈的《原道》和《進學解》正體現了他的一家風格。換言之，韓愈文章的作家風格是剛健奇特的。

　　韓愈的《原道》，是批判道教和佛教的。他多用排比句法，使氣勢旺盛，像長江大河的奔騰。比如說："古之為民者四（士農工商），今之為民者六（加道和釋）；古之教者處其一（儒），今之教者處其三（加道和釋）；農之家一而食粟之家六，工之家一而用器之家六，賈之家一而資焉之家六，奈之何民不窮且盜也！"（《韓昌黎集》卷十一）這裏用了"古之"、"今之"的排比句，用了"農之家一"、"工之家一"、"賈之家一"的排比句，再用"奈之何"的感歎句來作結。再像講到古之聖人，教民以相生相養之道，說："為之君，為之師，驅其蟲蛇禽獸而處之中土；寒然後為之衣，飢然後為之食；木處而顛，土處而病也，然後為之宮室；為之工以贍其器用，為之賈以通其有無，為之醫藥以濟其夭死，為之葬埋祭祀以長其恩愛，為之禮以次其先後，為之樂以宣其湮鬱，為之政以率其怠倦，為之刑以鋤其強梗；相欺也，為之符璽斗斛權衡以信之；相奪也，為之城郭甲兵以守之；害至而為之備，患生而為之防。"在這裏用了十七個"為之"，其中"寒然後為之衣"三句是一種排比句式，"為之工"以下八句是另一種排比句式；"相欺也"兩句又是另一種排比句式；"害至"兩句又是一種樣式。多用排比句來加強氣勢，運用各種變化來顯示錯綜之美。這正像長江大河的水，總的看來是奔流的，其中又有激湍漩渦種種變化。

在運用排比句中，又顯出"萬怪惶惑"來。嚴復在《辟韓》裏引了《原道》的十七個"為之"句後，又引了《原道》裏說的"如古無聖人，人之類滅久矣。何也？無羽毛、鱗介以居寒熱也，無爪牙以爭食也"。然後駁斥道："如韓子之言，則彼聖人者，其身與其先祖父，必皆非人焉而後可，必皆有羽毛、鱗介而後可，必皆有爪牙而後可。使聖人與其先祖父而皆人也，則未及其生，未及其成長，其被蟲蛇、禽獸、寒飢、土木之害而夭死者，固已久矣，又烏能為之禮樂刑政，以為他人防備患害也哉？"（《嚴復詩文抄》）嚴復的駁斥，使我們從中看到韓愈這段話裏含有怪異的思想，即聖人跟常人不一樣，無羽毛、鱗介而可以居寒熱，無爪牙而可以爭食，正如嚴復說的，"其身與其先祖父，必皆非人焉而後可"。這種奇異的看法，其實是符合實際的，即人的祖先原先是野人，與後來的人不同。又說聖人"寒，然後為之衣；飢，然後為之食"，即認為發明衣的、食的都是聖人，這正是《禮記·樂記》裏"作者之謂聖"的意思，不過《樂記》裏的"作者之謂聖"是指制禮作樂說的，不指發明衣和食說的。韓愈把一切發明者都稱為聖人，這也是一種突出的看法。這些特殊的看法，不正是所謂"萬怪惶惑"嗎？這種特殊的看法，又講得很自然，不正是所謂"抑遏蔽掩"嗎？

再就《進學解》的文辭看，也是多用排比句，像"業精於勤荒於嬉，行成於思毀於隨”，“諸生業患不能精，無患有司之不明；行患不能成，無患有司之不公”，是排比句。再像“先生口不絕吟於六藝之文，手不停披於百家之編，記事者必提其要，纂言者必鈎其玄”是排比句。再像下文的“夫大木為宗（梁）……各得其宜，施以成室者，匠氏之工也；玉札丹砂……俱收並蓄，待用無遺者，醫師之良也；登明選公……校短量長，惟器是適者，宰相之方也”，也是排比句。這樣多用排比句，來加強氣勢，使文如長江大河的奔騰，這就是韓愈文章的特點。

韓愈的《原道》像長江大河的奔騰，筆力剛健，代表韓愈文章的作家風格。但韓愈文章的不同題材的不同作品又有不同的作品風格，即在總的剛健風格裏，還有不同變化。像《對禹問》，馬通伯《韓昌黎文集校注》稱：“姚範曰：‘堅峭勁肅。’劉大櫆曰：‘議論高奇，而筆力勁健曲屈，足達其意。’”這裏指出《對禹問》像山峰的“堅峭勁肅”，跟《原道》的像江河奔騰不同。但總的剛健風格是一致的，在剛健中，又有如江河奔騰或山峰勁峭的不同。

《對禹問》：“或問曰：‘堯舜傳諸賢，禹傳諸子，信乎？’曰：‘然。’‘然則禹之賢不及於堯與舜也歟？’曰：‘不然。堯舜之傳賢也，欲天下之得其所也；禹之傳子也，憂後世爭之之亂也。堯舜之利民也大，禹之利民也深。’”（《韓昌黎集》卷十一）這裏對問題作出明確的判斷，所以稱為“堅峭勁肅”。但總的風格還是剛健的。作出了這個判斷後，再問：“然則堯舜何以不憂後世？”答：“堯以傳舜為憂後世，禹以傳子為慮後世。”再問：“傳之子而當不淑，則奈何？”“傳之子則不爭，前定也。前定雖不當賢，猶可以守法。”這樣又作了反覆推論，作出解釋。所以又說“筆力勁健曲屈"，即在剛健中又有立論曲折的特點。

再看韓愈的《獲麟解》。《原道》是長篇議論文，《獲麟解》是短篇説明文，文體不同。馬通伯校注："劉大櫆曰：'尺水興波，與江河比大，惟韓公能之。'"這是説，《獲麟解》是短篇，也有江河奔騰的氣勢，保持了剛健的風格。如説：

> 麟之為靈昭昭也，詠於《詩》，書於《春秋》，雜出於傳記百家之書，雖婦人小子，皆知其為祥也。然麟之為物，不畜於家，不恆有於天下，其為形也不類，非若馬牛犬豕麋鹿然。然則雖有麟，不可知其為麟也。角者吾知其為牛，鬛者吾知其為馬，犬豕豺狼麋鹿，吾知其為犬豕豺狼麋鹿。惟麟也不可知。不可知，則其謂之不詳也亦宜。雖然，麟之出必有聖人在乎位，麟為聖人出也。聖人者必知麟，麟之果不為不祥也。又曰：麟之所以為麟者，以德不以形，若麟之出，不待聖人，則謂之不祥也亦宜。（《韓昌黎集》卷十二）

這裏"詠於《詩》"三句是排比句，"不畜於家"兩句也是排比句，"角者吾知其為牛"三句也是排比句，多用排比句顯得有氣勢，所以有"尺水興波"的比喻。但這篇説明文，因文體關係，又有它的特點，就是多轉折。像開頭提出"皆知其為祥也"，提出"知"和"祥"來；接下來轉到"不可知則謂之不祥也亦宜"，即轉到"不可知"和"不祥"；又轉到"聖人者必知麟，麟之果不為不祥也"，即轉到"知"和"祥"；又轉到"不待聖人，則謂之不祥也亦宜"，又轉到"不祥"了。這樣反覆轉折，實際是以麟自比，感歎無人了解自己。各種轉折只是蓄勢，經過蓄勢，落到"若麟之出，不待聖人，則謂之不祥也亦宜！”顯得有力。這種轉折，還是剛健的，即在剛健中又有多轉折的特點。

韓愈《張中丞傳後敘》是他的名篇，前面替許遠辨誣的話說：

兩家子弟材智下（主要指張巡子去疾上書朝廷，稱“城陷而（許）遠獨生”，請追奪許遠職），不能通知二父志，以為巡死而遠就虜，疑畏死而辭服於賊。遠誠畏死，何苦守尺寸之地，食其所愛之肉（睢陽食盡，遠殺其奴以食戰士），以與賊抗而不降乎？當其圍守時，外無蚍蜉蟻子之援，所欲患者，國與主耳，而賊語以國亡主滅。遠見救援不至，而賊來益眾，必以其言為信。外無待而猶死守，人相食且盡，雖愚人亦能數日（計日）而知死處矣，遠之不畏死亦明矣。烏有城壞，其徒俱死，獨蒙愧恥求活，雖至愚者不忍為，嗚呼，而謂遠之賢而為之邪！（《韓昌黎集》卷十三）

這段為許遠辨誣的議論，論斷極為有力，正如長江大河的奔騰，具有雄直的風格，再像這篇裏寫道：

南霽雲之乞救於賀蘭也，賀蘭嫉巡遠之聲威功績出己上，不肯出師救。愛霽雲之勇且壯，不聽其語，強留之，具食與樂，延霽雲坐。霽雲慷慨語曰：“雲來時，睢陽之人不食月餘日矣，雲雖欲獨食，義不忍，雖食且不下嚥”，因拔所佩刀，斷一指，血淋漓，以示賀蘭。一座大驚，皆感激為雲泣下。雲見賀蘭終無為雲出師意，即馳去。將出城，抽矢射佛寺浮圖（塔），矢著其上磚半箭，曰：“吾歸破賊，必滅賀蘭，此矢所以志也。”

這段記事，寫得悲壯慷慨，激動人心，風格是剛健的。再看上面指出韓愈文章的風格，有平易的，有險奇的，有婉轉的，有詼諧的。這些文章的風格裏有沒有表現出韓愈作家的風格呢？看來還是一致的。平易的如上引《與孟東野書》，其中"吾言之"句與"吾唱之"句，"言無聽也"四句，都是排比句，還是氣勢旺盛的。就內容說，對於"人人"，言之無聽，唱之無和，獨行無徒，這種思想跟一般人不同，也顯得奇特，是符合韓愈作家的風格的。至於《南海神廟碑》，劉大櫆稱為"富麗雄奇"，還是保留韓愈作家風格的剛健奇特的。就是《送董邵南序》，就它的用意講，不直說，婉轉透露，是柔婉的，就文體辭，一開頭說："燕趙古稱多感慨悲歌之士"，一直到"矧燕趙之士，出乎其性者哉"！一氣貫注，風格還是剛健的。即就《試大理評事王君墓誌銘》寫騙婚一段，有類小說。但就全篇看，開頭作："君諱適，姓王氏，好讀書，懷奇負氣，不肯隨人後舉選。"以下敍他懷奇負氣的經歷，風格還是剛健的。

二　歐陽修

蘇洵《上歐陽內翰書》說：

> ……執事（指歐陽修）之文，紆餘悉備，往復百折，而條達疏暢，無所間斷。氣盡語極，急言竭論，而容與閒易，無艱難勞苦之態。此三者，皆斷然自為一家之文也。（《嘉祐集》卷十一）

這裏蘇洵講歐陽修的文章風格：一是委婉曲折，二是條達疏暢，三是容與閒易。這既是文章的風格問題，也是寫文章時的態

歐陽修像

度問題，試舉一例。宋仁宗景祐三年（1036），宰相呂夷簡在用人施政上有許多不公正處，范仲淹對他提了不少意見，被貶知饒州，余靖、尹洙上章論救，都被貶官。而身居諫職的高若訥卻阿諛宰相，不進諫。歐陽修寫了《與高司諫書》：

    ……某年十七時，家隨州，見天聖二年進士及第榜，始識足下姓名。……但聞今宋舍人兄弟（宋庠、宋祁）與葉道卿（清臣）、鄭天休（戩）數人者，以文學有大名，號稱得人。而足下廁其間，獨無卓卓可道說者，予固疑足下不知何如人也。

    其後更十一年，予再至京師。足下已為御史里行，然猶未暇一識足下之面，但時時於予友尹師魯（洙）問足下之賢否。而師魯說足下正直有學問，君子人也。予猶疑之。夫正直者，不可屈曲；有學問者，必能辨是非。以不可屈之節，有能辨是非之明，又為言事之官，而俯仰默默，無異眾人，是果賢者耶？此不得使予之不疑也。

自足下為諫官來，始得相識，侃然正色，論前世事歷歷可聽，褒貶是非無一謬說。噫！持此辯以示人，孰不愛之？雖余亦疑足下真君子也。是予自聞足下之名及相識，凡十有四年，而三疑之。今者推其實跡而較之，然後決知足下非君子也。

前日范希文（仲淹）貶官後，與足下相見於安道（余靖）家，足下詆誚希文為人。予始聞之，疑是戲言。及見師魯，亦說足下深非希文所為，然後其疑遂決。希文平生剛正，好學，通古今，其立朝有本末，天下所共知，今又以言事觸宰相得罪。足下既不能為辯其非辜，又畏有識者之責己，遂隨而詆之，以為當黜，是可怪也！

夫人之性，剛果懦軟稟之於天，不可勉強，雖聖人亦不以不能責人之必能。今足下家有老母，身惜官位，懼飢寒而顧利祿，不敢一忤宰相以近刑禍，此乃庸人之常情，不過作一不才諫官爾。雖朝廷君子，亦將閔足下之不能，而不責以必能也。今乃不然，反昂然自得，了無愧畏，便毀其賢以為當黜，庶乎飾己不言之過。夫力所不敢為，乃愚者之不逮，以智文其過，此君子之賊也。

且希文果不賢邪？自三四年來，從大理寺丞至前行員外郎，作待制日，日備顧問，今班行中無與比者。是天子驟用不賢之人。夫使天子待不賢以為賢，是聰明有所未盡。足下身為司諫，乃耳目之官，當其驟用時，何不一為天子辨其不賢，反默默無一語，待其自敗，然後隨而非之？若果賢耶？則今日天子與宰相以忤意逐賢人，足下不得不言。是則足下以希文為賢，亦不免責；以為不賢，亦不免責。大抵罪在默默爾。

昔漢殺蕭望之與王章，計其當時之議，必不肯明言殺賢者也，必以石顯、王鳳為忠臣，望之與章為不賢而被罪也。今足下視石顯、王鳳果忠耶？望之與章果不賢耶？當時亦有諫臣，必不肯自言畏禍而不諫，亦必曰當誅而不足諫也。今足下視之，果當誅耶？是直可欺當時之人，而不可欺後世也。今足下又欲欺今人，而不懼後世之不可欺耶？況今之人未可欺也。

伏以今皇帝即位以來，選用諫臣，容納言論。如曹修古、劉越，雖歿猶被褒稱，今希文與孔道輔皆自諫諍擢用。足下幸生此時，遇納諫之聖主如此，猶不敢一言，何也？前日又聞御史台榜朝堂，戒百官不得越職言事，是可言者惟諫臣爾。若足下又遂不言，是天下無得言者也。足下在其位而不言，便當去之，無妨他人之堪其任者也。昨日安道貶官、師魯待罪，足下猶能以面目見士大夫，出入朝中稱諫臣，是足下不復知人間有羞恥事爾！所可惜者，聖朝有事，諫官不言，而使他人言之，書在史冊，他日為朝廷羞者，足下也。

《春秋》之法，責賢者備。今某區區猶望足下之能一言者，不忍便絕足下而不以賢者責也。若猶以謂希文不賢而當逐，則予今所言如此，乃是朋邪之人爾。願足下直攜此書於朝，使正予罪而誅之，使天下皆釋然知希文之當逐，亦諫臣之一效也。（《歐陽文忠公文集》卷六七）

這封信可以用來說明歐陽修文章的風格特點，即委婉曲折，條達疏暢，容與閒易，所以近乎全部引入。這篇先講自己對高若訥為人的認識。開始因為他沒甚麼可稱道，懷疑他不是賢人；接着聽朋友説他是賢人，但因為他做了諫官，卻沒進諫，所以還在懷疑；接着聽他議論正確，懷疑他是賢人。從懷疑他是不賢，到懷疑他是賢，寫出對他為人的認識轉變，是委婉曲折的。

再就范仲淹給宰相提意見被罷官一事説，范仲淹是對的，宰相是錯的。宰相排斥賢人，作為諫官，他的責任就該明辨是非，向朝廷進諫。可是他不但不進諫，反而阿諛宰相，極力反對范仲淹的所作所為，歐陽修認為"是可怪也"。但沒有直接對他提出批評，卻研究他為甚麼這樣做，認為他家有老母，怕一進諫也會貶官出外，連累老母；為了保官位，懼飢寒，顧利祿，不敢説話，那還可以諒解。現在不這樣，毫無愧畏地起來誹謗范仲淹，説應該罷斥，用來掩飾他不諫的過錯，那就不可諒解了。從他的為了保官位而不諫，轉到誹謗賢人，這樣的推測是婉轉曲折的。不僅這樣，再作進一步論述。照他説，范仲淹是不賢的，那麼范仲淹幾次升官時，應該進諫，説明他的不賢，不該進升。倘范仲淹是對的，那麼宰相罷斥正人，他是諫官，應當進諫。不論認為范仲淹是不賢或是賢，他都不對。這裏見出推論的深入。再引歷史上的事來作比，推論今人和後人。歷史上的賢人被害，後人自有公論。那他的阿附宰相，誹謗范仲淹，不但不能欺騙後人，還不能欺騙今人。

再進一步，指出御史台衙門出榜，百官不得越職言事。那麼對范仲淹的罷斥，只有諫官可以進諫了。他身為諫官而不諫，又不辭職，面對余靖、尹洙因進言被罷斥，他還在誹謗范仲淹而不以為恥，真不復知人間有羞恥事！歐陽修這樣來指斥高若訥，説明已極憤激，但還是從一層層推論中得出這個結論，就一層層推論説是條達疏暢的；就內心極度憤激而說話還是從推論中來，像平心靜氣在講道理，所以是從容閒易的。最後歸結到《春秋》責備賢者，還對他抱一點希望，希望他改正錯誤，起來進諫，倘他堅持錯誤，那他可以把這封信揭發，來罷斥我。最後的話，還是婉轉的，但自己甘心被斥，立場又是堅定的。歐陽修寫了這封信，就被貶官為夷陵令，他寫《與尹師魯書》說：

……修行雖久，然江湖皆昔所遊，往往有親舊留連。又不遇惡風水，老母用術者言，果以此行為幸。又聞夷陵有米麵魚如京洛，又有梨栗桔柚大筍茶荈，皆可飲食，益相喜賀。昨日因參運作庭趨，始覺身是縣令矣，其餘皆如昔時。

師魯簡中言，疑修有自疑之意者，非他，蓋懼責人太深以取直爾。今而思之，自決不復疑也。然師魯又云“暗於朋友”，此是未知修心。當與高書時，蓋以知其非君子，發於極憤而切責之，非以朋友待之也，其所為何足驚駭？路中來，頗有人以罪出不測見弔者，此皆不知修心也。師魯又云“非忘親”，此又非也。得罪雖死，不為忘親，此事須相見，可盡其說也。五六十年來，天生此輩沉默畏懼，佈在世間，相師成風。忽見吾輩作此事，下至灶門老婢，亦相驚怪，交口議之。不知此事古人日日有也，但問所言當否而已。又有深相賞歎者，此亦是不慣見事人也，可嗟世人不見如往時事久矣。往時砧斧鼎鑊，皆是烹斬人之物。然士有死不失義，則趨而就，與几席枕藉之無異。有義君子在旁，見有就死，知其當然，亦不甚歎賞也。史冊所以書之者，蓋特欲警後世愚懦者，使知事有當然而不得避爾，非以為奇事而詫人也。幸今世用刑至仁慈，無此物，使有而一人就之，不知作何等怪駭也。然吾輩亦自當絕口不可及前事也。居閒僻處，日知進道而已，此事不須言。然師魯以修有自疑之言，要知修處之如何，故略道也。……

又嘗與安道（余靖）言：每見前世有名人，當論事時，感激不避誅死，真若知義者；及到貶所，則感感怨嗟，有不堪之窮愁，形於文字，其心觀戚，無異庸人，雖韓文公不免此累。用此戒安道，慎勿作感感之文。師魯察修此語，則處之之心又可知矣。近世人因言事亦有被貶者，然或傲逸狂醉，自言我為大，不為小。故師魯相別，自言益慎職，無飲酒。此事修今亦遵此語。咽喉自出京愈矣。至今不曾飲酒。到縣後勤官，以懲洛中時懶慢矣。（《歐陽文忠公文集》卷六七）

這封寫給尹洙的信，信裏讀到怎樣對待這次貶官的態度問題，即信裏說的"師魯以修有自疑之言，要知修處之如何"，即尹洙認為歐陽修懷疑自己寫信給高若訥這事做錯了，因此發生怎樣對待這次貶官的態度問題。假使認為自己做錯了，對於這次貶官，就要自怨自悔，就要悔恨自己不該站在范仲淹一邊，就要為了保持官位去阿附呂夷簡了，這就發生了立場問題，所以要寫這封信來辨明。先辨明沒有自疑。自疑甚麼？疑"責人太深以取直"，再想，決沒有，責備高若訥是對的，不過分。尹洙認為"暗於朋友"，即不認識人，歐陽修認為也不是，他早已知道高若訥不是君子，所以憤極而切責之。寫到這裏，話已說完了，但接觸到對待這次的貶官，又轉到外人認為罪出不測相弔，即老婢也驚怪，認為不該寫信給高若訥。他因此辨明"此事古人日日有"，即該說的話一定要說。又轉到有人認為這樣說了話而貶官，是"忘親"，即使母親連累到貶所。尹洙替歐陽修辯護，說不是"忘親"，他更指出，他說的話是正確的，因此得罪，"得罪雖死，不為忘親"，這又轉到言事得罪和"忘親"的關係了。接下來又轉，轉到"又有深相賞歎者"，認為他言事得罪，為了正義而言事，不怕罷官，非常歎賞。他認為"亦是不慣見事人也"。他認為為了正義而言事，這是應當的，即使因此犧牲也是應當的，不必歎賞。話又轉了，轉到史冊為甚麼要記下這類事，因為要警醒後世愚懦者，使他們知道該說的話就應當說，不得避禍而不說。話到這裏好像，已經說完了，但就我們自處的態度說，話又轉了，轉到"吾輩亦自當絕口不可及前事也"，我們絕口不談這事，避免自以為正義而貶官，自我標榜。話到這裏又轉了，轉到有的名人，論事慷慨不怕死，到貶官後又憂愁怨恨，韓愈就是這樣，要引以為戒。話又轉了，轉到有人貶官後，"傲逸狂醉"，自以為了不起，也要引以為戒，所以貶官後，要謹慎職守，不飲酒，更勤官。在這封信裏，說的話，一轉再轉三轉四轉，真是"紆餘委備，往復百折"了。

再看他的表達情思，指出"頗有人以罪出不測見弔"為不合，以老婢驚怪交口議之為不合，又以深相賞歎者為不合，要說明這些都不合的理由，要糾正五六十年來，世間相師成風的錯誤看法，說明極明白曉暢使人信服，這裏顯出歐陽修文章的條達疏暢來，這跟他把事理看得明白，又善於表達是分不開的。歐陽修從小受到母親的教導，所以他的為人正直，是從母教來的。因此他的言事貶官，是得到母親的讚許的。所以他貶官到夷陵去，坐船經歷江湖的風浪，"老母用術者言，果以此行為幸"，一點沒有怨恨憂懼。又說夷陵有美好食品，益相喜賀，好像不是貶官，這裏反映了他的態度，文章的風格也顯出容與閒易，即從容不迫，平易近人。歐陽修文章風格的特點，在這封信裏都有了充分的表達。

歐陽修的文章，像《本論》、《醉翁亭記》、《豐樂亭記》，在前面的"比較"裏都已談到過了，這裏再談談《真州東園記》：

真為州（今江蘇儀徵縣），當東南之水會，故為江淮、兩浙、荊湖發運使（主管漕運的官，即把一地區糧食運往京都）之治所。龍圖閣直學士施君正臣（昌言）、侍御史許君子春（元）之為使也，得監察御史里行馬君仲途（遵）為其判官。三人者樂其相得之歡，而因其暇日，得之監軍廢營，以作東園，而日往遊焉。

歲秋八月，子春以其職事走京師，圖其所謂東園者來以示予，曰：園之廣百畝，而流水橫其前，清池浸其右，高台起其北。台，吾望以拂雲之亭；池，吾俯以澄虛之閣；水，吾泛以畫舫之舟。敞其中以為清宴之堂，闢其後以為射賓之圃。芙蕖芰荷之的歷（鮮明貌），幽蘭白芷之芬芳，與夫佳花美木，列植而交陰，此前日之蒼煙白露而荊棘也。高甍（屋脊）巨桷（椽子），水光日影，動搖而上下，其寬閒深靜，可以答遠響而生清風，此前日之晦冥風雨、鼪鼯鳥獸之嗥音也。吾於是（此）信有力焉。……若乃升於高以望江山之遠近，嬉於水而逐魚鳥之浮沉。其物象意趣，登臨之樂，覽者各自得焉……（《歐陽文忠公文集》卷四十）

歐陽修這篇記，和上面提到的《豐樂亭記》、《醉翁亭記》，三篇記的寫法各不相同，這是值得探討的。宋仁宗慶曆六年（1046），杜衍、范仲淹、韓琦、富弼相繼罷去，他們推行的新政失敗，歐陽修因上書諫爭，被貶為滁州太守。他在《醉翁亭記》裏稱："醉翁之意不在酒，在乎山水之間也。山水之樂，得之心而寓之酒也。"既稱他意在山水，即在欣賞山水，怎麼又説"寓之酒"呢？倘説藉欣賞山水之美來下酒，那又怎麼"飲少輒醉"，醉了就不能欣賞山水了。可見山水之樂還不能消愁，還要借酒來消愁。這點意思含蓄不露，説明《醉翁亭記》是寫得含蓄的。又多用"也"字煞尾，有它的特色。《豐樂亭記》也是貶官滁州後寫的，那是讚美宋朝的平定割據，完成統一，使民得到豐樂，心情又不同。這兩篇記寫景物都極為簡約，用意各不相同。這篇記在寫景物和用意上又有不同。

《醉翁亭記》、《豐樂亭記》都寫了自己往遊的經歷，《真州東園記》是他沒有到東園，只聽許元拿了東園圖來，聽他所講的話來寫的。他講了東園的各種景物，所以寫的景物多於前兩記。又就"廢營"改建為"東園"，把東園的美好景物，跟未建以前的"廢園"作對比，寫出今盛昔廢的情景，成了這篇記的特色。這篇記裏寫的景物，如"台，吾望以拂雲之亭；池，吾俯以澄虛之閣；水，吾泛以畫舫之舟"。這樣把景物歷舉來寫，把它們突出來，是本篇的一個特點。後文説：

　　真，天下之衝也，四方之賓客往來者，吾與之共樂於此，豈獨私吾三個者哉，然而池台日益以新，草樹日益以茂，四

方之士無日而不來，而吾三人者有時而皆去也，豈不眷眷於
是哉！

這裏寫出"東園"是供四方之士共同遊樂的，他們三人"有時而
皆去"，去後的東園，只能靠來遊樂的四方之士共同維護了。"池
台日益以新，草樹日益以茂"，在來遊樂的四方之士共同維護下，
才能這樣，才能不再荒廢。這點意思含蓄不露。因此，這篇裏寫
景物是突出的，是用昔廢今盛的對比手法寫的，怎樣使今盛而不
再廢這點意思是含蓄不露的。從這三篇記看，歐陽修寫作是注意
創新的，不是因襲的。在上面的"六觀"裏講到歷代作品的通變，
各代名作都注意創新而不願因襲，在這裏，看到一人的作品也注
意創新而避免因襲了。

三　蘇軾

蘇軾古文的風格，正如他的《文說》講的：

> 吾文如萬斛泉源，不擇地而出，在平地滔滔汩汩，雖一日
> 千里無難。及其與山石曲折，隨物賦形而不可知也。所可知
> 者，常行於所當行，常止於不可不止，如是而已矣。（《經進
> 東坡文集事略》卷五五）

又像他《答謝民師書》説：

> 大略如行雲流水，初無定質，但常行於所當行，常止於所
> 不可不止，文理自然，姿態橫生。……求物之妙，如繫風捕

蘇軾像

影，能使是物瞭然於心者，蓋千萬人而不一遇也，而況能使瞭然於口與手者乎？是之謂能達。辭至於能達，則文不可勝用矣。（《經進東坡文集事略》卷四六）

這雖是講謝民師的文章，實際上也是講他自己文章的風格。他的文章所以能達到這樣的境界，又跟他能掌握求物之妙分不開。

他求物之妙，能如繫風捕影，抓住物的妙處，不但瞭然於心，還能夠瞭然於口與手，因此，他的文章能寫出物的妙處。這種妙處，既通過觀察體會瞭然於心，所以隨筆寫出，如行雲流水，極為自然，所謂"文理自然"。物的妙處具有各種姿態，所以寫出物的妙處，"姿態橫生"。物的妙處又極其豐富生動，捕捉極其豐富生動的物的妙處，文思也極為豐富生動，所以文"如萬斛泉源，不擇地而出"。楊慎《三蘇文範》卷七："東坡文如長江大河，一瀉千里，至其渾浩流轉，曲折變化之妙，則無復可以名狀，而尤長於陳述敍事。《留侯》一論，其立論超卓如此。"蘇軾文的風格，不同於韓愈文的"如長江大河，渾浩流轉"，"萬怪惶惑"，"而人望見淵然之光，蒼然之色，亦自畏避不敢迫視"（見前談韓愈文）。蘇軾文的如長江大河，有曲折變化之妙，使人開發神智，賞心悅目，而非畏避不敢迫視。蘇軾文又不同於韓愈文有用詞艱深的一面，同於歐陽修的文從字順，趨於平易。但又不同於歐陽修文的"紆餘委備，往復百折，而條達疏暢"，"容與閒易"（見前談歐陽修文）。蘇軾文在平易流暢，曲折變化中，如金聖歎《天下才子必讀書》卷十四評蘇軾《上梅直講書》："文態如天際白雲，飄然從風，自成捲舒。"又如儲欣《唐宋八大家類選》卷十三評蘇軾《放鶴亭記》："敍次議論並超逸，歌亦清曠，文中之仙。"又如謝枋得《文章軌範》卷七評蘇軾《前赤壁賦》："瀟灑神奇，出塵絕俗，如乘雲御風而立乎九霄之上，俯視六合，何物茫茫，非惟不掛之齒牙，亦不足入其靈台丹府（心）也。"即蘇軾文又有得之自然，超逸清曠，瀟灑出塵的一面。因為他既如繫風捕影那樣求得物之妙，所得自然超出於一般人所見，所以使人感到他的文章超逸清曠了。概括地說，蘇軾文章的風格既有豪放清雄的，又有超逸清曠的。

蘇軾的古文，就是議論文，也寫得"求物之妙，如繫風捕影"，這個物指事物。如《教戰守策》，這是一篇策論，論教民學習戰守的，即教民學軍訓的。蘇軾作品以善用比喻著名，這篇用普通的事作比較，用比喻更為深切著明。他説：

天下之勢，譬如一身。王公貴人所以養其身者，豈不至哉？而其平居常苦於多疾。至於農夫小民，終歲勤苦而未嘗告病。此其故何也？夫風雨霜露寒暑之變，此疾之所由生也。農夫小民，盛夏力作，而窮冬暴露，其筋骸之所衝犯，肌膚之所浸漬，輕霜露而狎風雨，是故寒暑不能為之毒。今王公貴人處於重屋之下，出則乘輿，風則襲（重）裘，雨則御蓋，凡所以慮患之具莫不備至；畏之太甚而養之太過，小不如意，則寒暑入之矣。是故善養身者，使之能逸而能勞，步趨動作，使其四體狃於寒暑之變；然後可以剛健強力，涉險而不傷。夫民亦然。今者治平之日久，天下之人驕惰脆弱，如婦人孺子，不出於閨門。論戰鬥之事，則縮頸而股慄；聞盜賊之名，則掩耳而不願聽。而士大夫亦未嘗言兵，以為生事擾民，漸不可長，此不亦畏之太甚而養之太過歟？（《蘇軾選集》）

蘇軾看到宋朝積弱的原因之一，即從士大夫到民，都怕講戰鬥。他要指出這種怕講戰鬥的毛病，就用王公貴人講究保養常苦多病，農夫小民終歲勤勞而未嘗告病作比。這一比，就顯出怕講戰鬥的毛病，講得深切著明了。

不僅這樣，他更深刻地指出宋朝不講戰鬥的危機。又説：

今國家所以奉西、北之虜者，歲以百萬計。奉之者有限，而求之者無厭，此其勢必至於戰。戰者，必然之勢也。不先於我，則先於彼，不出於西，則出於北；所不可知者，有遲速遠近，而要以不能免也。天下苟不免於用兵，而用之不以漸，使民於安樂無事之中，一旦出身而蹈死地，則其為患必有不測。故曰，天下民知安而不知危，能逸而不能勞，此臣所謂大患也。

在這裏，顯出他有遠見，他已經看到後來金兵的入侵，北宋的淪亡，論事就有這樣的遠見卓識。又說：

今天下屯聚之兵，驕豪而多怨，陵壓百姓而邀（要挾）其上者何故？此其心以為天下之知戰者，惟我而已。如使平民皆習於兵，彼知有所敵，則固已破其奸謀而折其驕氣，利害之際，豈不亦甚明歟？

蘇軾對於當時怕講戰鬥這件事，看到當前養成驕兵，欺壓百姓而要挾上官，應該對人民給與軍訓來加以糾正，更看到國家的危機。這樣看得深遠，不正是"求物之妙"嗎？物指事物，即教戰守這件事，對這件事看得這樣深遠，這即屬於"求物之妙"了。《蘇長公合作》卷五引陳繼儒說："見析懸鏡，機沛湧泉。"既指出他看問題有如明鏡照影，非常清晰，又指出他的文思泉湧，這是確切的。

再像《日喻》，講實踐的重要，道理要通過實踐才有深切體會，說：

生而眇（盲）者不識日，問之有目者。或告之曰："日之狀如銅盤。"扣盤而得其聲，他日聞鐘，以為日也。或告之曰："日之光如燭。"捫燭而得其形，他日揣籥（摸管樂器），以為日也。日之與鐘籥亦遠矣，而眇者不知其異，以其未嘗見而求之人也。道之難見也甚於日，而人之未達也，無以異於眇。達者告之，雖有巧譬善導，亦無以過於盤與燭也。自盤而之鐘，自燭而之籥。轉而相之，豈有既（盡）乎？故世之言道者，或即其所見而名之，或莫之見而意之，皆求道之過也。……

南方多沒人（潛水的人），日與水居也，七歲而能涉，十歲而能浮，十五而能沒矣。夫沒者豈苟然哉？必將有得於水之道者。日與水居，則十五而得其道；生不識水，則雖壯，見舟而畏之。故北方之勇者，問於沒人，而求其所以沒，以其言試之河，未有不溺者也。故凡不學而務求道，皆北方之學沒者也。（《蘇軾選集》）

這篇《日喻》，先用兩個比喻，"日之狀如銅盤"，"日之光如燭"。他的巧妙，不停在這兩個明喻上，又由銅盤轉到"扣盤而得其聲"，由聲比鐘；又由燭轉到"捫燭而得其形"，由形比籥。這樣由比形轉到比聲，由比聲轉到比形，叫作曲喻。這樣既用了兩個明喻，又用了兩個曲喻，一連用了四個比喻，這叫博喻。接着用"沒人"來比，那又不同於用比喻，用沒人的日與水居積十五年而能沒，說明通過長期實踐才能懂得水性，說明通過長期的各種實踐才能懂得各種道理，把這個不容易說明的道理，用"沒人"來作比，把實踐的重要講得深切著明。蘇軾的善用博喻，錢鍾書先生《宋詩選注‧蘇軾》裏加以發揮道：

他在風格上的大特色是比喻的豐富、新鮮和貼切，而且在他詩裏還看得到宋代講究散文的人所謂"博喻"或者西洋人所稱道的莎士比亞式的比喻，一連串把五花八門的形象來表達一件事物的一個方面或一種狀態。這種描寫和襯托的方法彷彿是採用了舊小說裏講的"車輪戰法"，連一接二的搞得那件事物應接不暇，本相畢現，降伏在詩人的筆下。

錢鍾書先生在這裏是講蘇軾的詩，從《日喻》看，蘇軾的古文運用博喻也是這樣。

這樣的古文，用思深刻，筆力勁健，富有想像，屬於豪放清雄的風格。

蘇軾《前赤壁賦》：

客曰："'月明星稀，烏鵲南飛'，此非曹孟德之詩乎？西望夏口，東望武昌，山川相繆（環繞），鬱乎蒼蒼，此非孟德之困於周郎者乎？方其破荊州，下江陵，順流而東也，舳艫千里，旌旗蔽空，釃酒臨江，橫槊賦詩，固一世之雄也，而今安在哉？"

這是懷古，是想像，寫得也豪放清雄。但下面寫到水與月：

蘇子曰："客亦知夫水與月乎？逝者如斯，而未嘗往也；盈虛者如彼，而卒莫消長也。蓋將自其變者而觀之，則天地曾不能以一瞬；自其不變者而觀之，則物與我皆無盡也，而又何羨乎？且夫天地之間，物各有主；苟非吾之所有，雖一毫而莫取。惟江上之清風，與山間之明月，耳得之而為聲，目遇之而成色，取之無禁，用之不竭，是造物者之無盡藏也，而吾與子之所共適。"（《古文觀止》卷十一）

這裏即景生情，表達的感情與柳宗元貶官永州所寫的山水記所表達的感情完全不同。柳的《小石潭記》寫那裏"寂寥無人，淒神寒骨"，反映出一種寂寞淒冷的心情。蘇軾在這裏看到"逝者如斯，而未嘗往也；盈虛者如彼，而卒莫消長也"，即水在流去，這是變，但又像不曾流失，這是不變；月或圓或缺，這是變，但又沒有消失，這是不變，從這裏悟出變與不變的道理。對人生也一樣，有升沉得失是變，但在升沉得失中保存我的志事是不變。他被貶官到黃州是變，他在賦中說的："渺渺兮予懷，望美人兮天一方"，他在想望美人，這個美人可能指宋仁宗，希望仁宗再起用他，想能再有所作為，這是不變的。在這變與不變之間，從水與月的變與不變，又想到自然界的美景可以供人欣賞，來排解貶謫中的苦悶，顯出胸襟超脫。這正像前引謝枋得說的："瀟灑神奇，出塵絕俗。"再像《記承天寺夜遊》：

元豐六年十月十二日夜，解衣欲睡，月色入戶，欣然起行，念無與為樂者。遂至承天寺，尋張懷民。懷民亦未寢，相與步於中庭。庭下如積水空明，水中藻荇交橫，蓋竹柏影也。何夜無月，何處無竹柏，但少閒人如吾兩人者耳。（《蘇軾選集》）

這個短篇，實是篇散文詩。把月光比作"積水空明"，把竹柏影比作"藻荇交橫"。《唐宋十大家全集錄·東坡集錄》卷九："仙筆也。讀之覺玉宇瓊樓，高寒澄徹。"這樣的古文跟《前赤壁賦》裏瀟灑出塵的寫法，都具有超逸清曠的風格。

總的說來，蘇軾的風格，正像他在《書吳道子畫後》說的：

道子畫人物，如以燈取影，逆來順往，旁見側出、橫斜平直，各相乘除，得自然之數，不差毫末。出新意於法度之中，寄妙理於豪放之外，所謂游刃餘地，運斤成風，蓋古今一人而已。（《蘇軾選集》）

錢鍾書先生在《宋詩選注·蘇軾》裏說：

他批評吳道子的畫，曾經說過："出新意於法度之中，寄妙理於豪放之外。"從分散在他著作裏的詩文評看來，這兩句話也許可以現成的應用在他自己身上，概括他在詩歌裏的理論和實踐，後面一句說"豪放"要耐人尋味，並非發酒瘋似的胡鬧亂嚷。前面一句算得"豪放"的定義，用蘇軾所能了解的話來說，就是"從心所欲，不逾矩"；用近代術語來說，就是：自由是以規律性的認識為基礎，在藝術規律的容許之下，創造力有充分的自由活動。這正是蘇軾所一再聲明的，作文該像"行雲流水"或"泉源湧地"那樣的自在活潑，可是同時又很謹嚴的"行於所當行，止於所不可不止"。

這裏講蘇詩風格的特色，也同樣適用於蘇軾的文章。

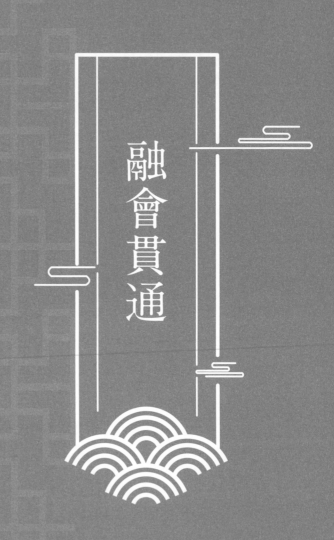

融會貫通

　　"一家風格"，是就一家的古文說的。"融會貫通"，是指通貫各家古文的寫法說的，想用柳宗元的談古文寫作經驗為例。

一

　　柳宗元在《答韋中立論師道書》裏談到過這一點：

　　始吾幼且少，為文章以辭為工。及長，乃知文者以明道，是固不苟為炳炳烺烺（lǎng 朗，狀光耀）、務采色、誇聲音而以為能也。凡吾所陳，皆自謂近道，而不知道之果近乎遠乎？吾子好道而可吾文，或者其於道不遠矣。（《柳宗元集》卷三四）

柳宗元在這裏首先提出"文者以明道"的主張,寫文章不是追求文采,不是追求音節之美,是用來明道的。他年輕時,"以辭為工",即追求文采,追求音節之美,即學習魏晉六朝駢文,魏晉六朝駢文是追求文采、追求音節之美的。他後來長大了,知道文以明道,拋棄了學駢文,學做古文,即散文,但他是用過學駢文的功夫的,因此他的融會貫通裏面,也把講究文采的音節之美融化在內。清代劉開在《與阮芸台(元)宮保論文書》裏講到這點,説:"自屈原、宋玉工於言辭,莊辛之説楚王,李斯之諫逐客,皆祖其瑰麗,及相如、子雲(司馬相如、揚雄)為之,則玉色而金聲;枚乘、鄒陽為之,則情深而文明。由漢以來,莫之或廢。韓退之(愈)取相如之奇麗,法子雲之閎肆,故能推陳出新,徵引波瀾,鏗鏘鍠石,以窮極聲色。柳子厚(宗元)亦知此意,善於造練,增益辭采,而但不能割愛。"這裏指出屈原、宋玉的文章"瑰麗",司馬相如、揚雄的文章"玉色而金聲",即既有文彩又有聲律之美。柳宗元的文章"善於造練,增益辭采,而但不能割愛",即他也吸收了講究文采和音律之美,在文章裏還可以看得出來,即他的文章也吸收了屈原、宋玉以來講究文采和音律之美的長處,還保留在散文裏,所以稱為"不能割愛"。

柳宗元長大後,認識到文以明道。那他怎樣來使文以明道呢?他在那封信裏作了説明:

故吾每為文章,未嘗敢以輕心掉之,懼其剽而不留也;未嘗敢以怠心易之,懼其弛而不嚴也;未嘗敢以昏氣出之,懼其昧沒而雜也;未嘗敢以矜氣作之,懼其偃蹇而驕也。抑之欲其奧，揚之欲其明，疏之欲其通，廉之欲其節，激而發之欲其清，固而存之欲其重。此吾所以羽翼夫道也。本之《書》以求其質，本之《詩》以求其恆，本之《禮》以求其宜，本之《春秋》以求其斷，本之《易》以求其動。此吾所以取道之原也。參之穀梁氏以屬其氣，參之《孟》、《荀》以暢其支，參之《莊》、《老》以肆其端，參之《國語》以博其趣，參之《離騷》以致其幽，參之太史公以著其潔。此吾所以旁推交通而以為之文也。凡若此者，果是耶非耶？有取乎，抑其無取乎？吾子幸觀焉擇焉，有餘以告焉。苟亟來以廣是道，子不有得焉，則吾得矣，又何以師云爾哉？

在這裏，柳宗元要用文章來説明道，因此他在寫文章時，要講究各種態度，能夠有利於把道説明白，還要講究各種方法，使文章能夠接近他要説明的道。從講究態度到方法，他從四方面來説明：一是從態度方面來説，寫文章時用甚麼態度合適，二是從技巧方面講，三是從根據甚麼講，四是從參考甚麼講。講這些，都是為了使所寫的文章能夠接近道和説明道。

　　先就態度説，不敢掉以輕心，怕文章浮滑而不確切；不敢懈怠，怕文章鬆散而不謹嚴；不敢昏沉，怕文章昏暗雜亂；不敢驕傲，怕心氣高傲而不切實。這裏説明寫文章時要注意防止以上這些不正確的態度，這些態度會妨礙恰好地用文來明道。這裏正像《孟子・公孫丑上》講的《知言》："詖辭知其所蔽，淫辭知其所陷，邪辭知其所離，遁辭知其所窮。"即片面的言辭我知道它所受的蒙蔽，過頭的言辭我知道它失足的所在，不合正道的言辭我知道它在哪裏離開正道，躲閃的言辭我知道它理屈之所在。這四種毛病，跟寫作的態度有關。因為掉以輕心，出以懈怠，加以昏沉，加以驕傲，就可能對道看得不全面，造成詖辭；看得過頭，造成淫辭；看得不正確，造成邪辭；明知不對，因為驕傲，不肯認錯，造成遁辭。這四種辭都不合於道。要文以明道，就要糾正這四種辭的缺失，就要注意寫作時的態度。這樣，把儒家講正確認識道的端正態度也概括進去了。

態度端正了，還要講究方法。有的道比較深奧，不深入進去說不明白，"抑之欲其奧"，抑制自己的粗心浮氣，使思想能層層深入，接觸到道的深奧處，才能加以說明。有的道比較隱蔽，"揚之欲其明"，要發揚它的意義使它明顯，才能加以說明。有的道受到阻塞，"疏之欲其通"，要加以疏導使它通暢，經過疏導才可加以說明。有的道有節度，要一節一節來加以分析，"廉之欲其節"，要用嚴正的文辭來顯示它的節度。廉指方正，即嚴正的意思。有的道清澄無滓，要"激而發之欲其清"，激是"激濁揚清"，即阻遏水勢，使水中的泥沙下沉，使水清澄，要使文章像使水清澄那樣來加以說明。有的道比較有分量，"固而存之欲其重"，要使文辭堅實來顯示它的分量。這是用各種方法來使文辭能恰好地說明道。這裏也接觸到修辭的風格問題，像明顯、深奧、通暢、清澄、堅實，都屬於風格。這裏又把各種修辭手法融會進去了。

用文辭來明道，還有取於作為典範的著作。"本之《書》以求其質"，根據《尚書》來求它的質樸，《尚書》保存着最古的歷史文獻，文辭樸素，所以從中求它的質樸。"本之《詩》以求其恆"，《詩經》是最早的詩歌總集，主要是抒情詩，具有永恆的感

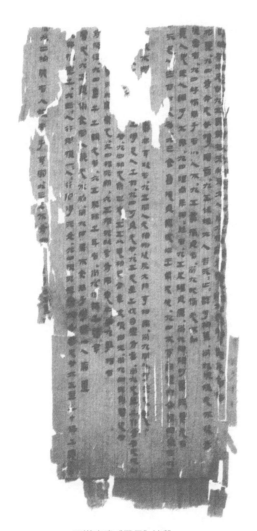

西漢帛書《周易》片段

染力，所以從它求得永恆的感染力。"本之《禮》以求其宜"，上面指出"禮之用，和為貴"，"和"，即指恰到好處，所以根據《禮》來求它的合宜。"本之《春秋》以求其斷"，《春秋》是用褒貶的字來表示對事物是非的判斷，所以根據《春秋》來求得對事物作出判斷。"本之《易》以求其動"，《易經》是探求事物的變化的，所以根據《易經》來探討事物的變化。這是對於《六經》說的，對經書表示尊重，所以稱"本之"。

"參之穀梁氏以厲其氣"，范寧《春秋穀梁傳序》稱"《穀梁》清而婉，其失也短"。楊士勳疏："清而婉者，辭清義通。"厲其氣，猶言鍛煉文氣，使簡練而通暢。"參之《孟》、《荀》以暢其支"，《孟子》文章縱橫博辯，《荀子》文章多用比喻，立論暢達。所以要參照《孟子》、《荀子》的文章使枝條暢茂。"參之《莊》、《老》以肆其端"，《莊子》的文章多用寓言，想像豐富，極為恣肆，參照《莊子》使文辭恣肆成為無端涯之辭。這裏提到《老子》，只是陪襯作用。"參之《國語》以博其趣"，《國語》的文章富有奇趣，參照《國語》，使文辭富有奇趣。"參之《離騷》以致其幽"，《離騷》的文章內容幽深、感情幽憤，參照《離騷》，使文辭內容幽深。"參之太史公以著其潔"，《史記》敘事精練，參照《史記》，使文辭簡潔。這樣，柳宗元的讀書，着重在各種書在文辭創作上的特色，偏重在風格或藝術性上。如質樸、貼切、剛健、暢達、縱恣、幽深、簡潔，都屬於風格或近於風格；又如永恆的感染力、變動、趣味，也和藝術性有關。那麼柳宗元通過"學古人說話聲響"，來體會到文辭的各種風格和各種藝術性了。

這樣，從寫作古文的融會貫通來說，目的是在文以明道。

就寫作的態度說，把孟子的"知言"說融會進去了；就寫作方法說，把各種寫法和修辭手法融會進去了；就有所根據說，把不同內容的作為文章規範的儒家經書的寫法融會進去了；就參考說，把文、史、哲三方面的重要著作的寫法融會進去了；再加上開頭講的把文采和音節之美也融會進去了。這樣可以說做到了融會貫通吧。

二

　　柳宗元在古文的創作上，又怎樣貫徹他融會貫通的主張呢？是不是先看他的《愚溪詩序》："溪雖莫利於世，而善鑒萬類，清瑩秀徹，鏘鳴金石，能使愚者喜笑眷慕，樂而不能去也。余雖不合於俗，亦頗以文墨自慰，漱滌萬物，牢籠百態，而無所避之。"（《柳宗元集》卷二四）他稱愚溪的水，"善鑒萬類"，靠的是"清瑩秀徹"。他寫山水記，也是"善鑒萬類"，他的山水記也是"清瑩秀徹，鏘鳴金石"。"善鑒萬類"，也就是"漱滌萬物"，牢籠百態，而無所避之。像他寫的《小石潭記》，寫潭石的各種形態，又像寫"日光下徹，影佈石上"（《柳宗元集》卷二九）的魚影畫，寫"潭西南而望，斗折蛇行，明滅可見"的小溪的溪水，寫魚的"空游"和各種活動，這些寫具體形象的正是"漱滌萬物"，寫各種情態的正是"牢籠百態"。這一切都要靠認真細緻地觀察，這就跟上文講寫作的態度結合。要是掉以輕心，易以怠心，出以昏氣，作以矜氣，這一切都會視而不見，也就不可能抓住它們的形象和百態加以描繪。再像《袁家渴記》補注："東坡曰：子厚記云：'每風自四山而下，振動大木，掩苒眾草，紛紅駭綠，蓊葧香氣。'

子厚善造語，若此句殆入妙矣。"蘇軾讚為入妙的句子，就是他吸收騈文辭采音節的句子。

再像《封建論》，要反對分封制，讚美郡縣制。在當時，認為分封制是古聖王堯、舜、禹、湯、文、武所實行的；郡縣制是秦始皇所創制的，實行郡縣制，秦二世而亡。所以要反對分封制、讚美郡縣制在當時是很有窒礙的，這個道理比較深奧不易説明。柳宗元從分封制怎樣建立論起，層層深入，指出它的缺點，這就是"抑之欲其奧，揚之欲其明"。指出郡縣制的種種好處，説明秦二世而亡，由於"人（民）怨於下，而吏畏於上"，"咎在人怨，非郡邑之制失也"（《柳宗元集》卷三）。這正是"疏之欲其通"。他在講郡縣制的優點時，講到秦的二世而亡，指出"時則有叛人而無叛吏"；講到漢的七國之亂，指出"時則有叛國而無叛郡"；講到唐朝的藩鎮叛亂，指出"時則有叛將而無叛州"，用來説明郡縣制的優點，這樣分秦、漢、唐三個朝代來説，分成"叛人（民）"、"叛國"、"叛將"來説，正是"廉之欲其節"。再歸結到郡縣制的好處，對於守宰，"有罪得以黜，有能得以賞。朝拜而不道，夕斥之矣。夕受而不法，朝斥之矣"。這正是"激而揚之欲其清"，從這裏看來，他對於"抑之"、"揚之"、"疏之"、"廉之"、"激而揚之"各種寫法，皆融會貫通了。

再看《封建論》，稱："周有天下，列土田而瓜分之，設五等，邦郡後，佈履星羅，四周於天下，輪運而輻集。"這不正是"本之《書》以求其質"嗎？敍述得比較質直。"然而降於夷王，害禮傷尊，下堂而迎覲者"，這不正是"本之《易》以求其動"嗎？寫出了政治上的變化。又説："余以為周之喪久矣，徒建空名於公侯之上耳，得非諸侯之盛強，末大不掉之咎歟！”這不正是“本之《春秋》以求其斷”而作出的判斷嗎？又講到漢朝“時則有叛國而無叛郡，秦制之得，亦以明矣”，這不正是根據制度來說明郡縣制的合理，相當於“本之《禮》以求其宜”嗎？接着說“繼漢而帝者，雖萬代可知也”，這不正是說明郡縣制可以長久保存下去，相當於“本之《詩》以求其恆”嗎？這樣，他不是把典範著作的各種寫作要求融化到他的古文中了嗎？

柳宗元《論語辯》：“或問曰：‘儒者稱《論語》，孔子弟子所記，信乎？’曰：‘未然也。孔子弟子，曾參最少，少孔子四十六歲。曾子老而死，是書記曾子之死，則去孔子也遠矣。曾子之死，孔子弟子略無存者矣。吾意曾子弟子之為之也。’”（《柳宗元集》卷四）這樣簡練地作出判斷，正像《穀梁傳》解釋《春秋》，文辭簡練，這不正是“參之穀梁氏以厲其氣”嗎？柳宗元《桐葉封弟辯》：“古之傳者有言，成王以桐葉與小弱弟，戲曰：‘以封汝。’周公入賀，王曰：‘戲也。’周公曰：‘天子不可戲。’乃封小弱弟於唐。吾意不然。王之弟當封耶？周公宜以時言於王，不待其戲而賀以成之也。不當封耶？周公乃成其不中之戲，以地以人與小弱者為之主，其得為聖乎？”（《柳宗元集》卷四）這裏展開反覆辯論，有像《孟子》、《荀子》的辯論，不正是“參之《孟》、《荀》以暢其支”嗎？

柳宗元《天說》：“天地，大果蓏也；元氣，大癰痔也；陰陽，大草木也；其烏能賞功而罰禍乎？功者自功，禍者自禍，欲望其賞罰者大謬；呼而怨，欲望其哀且仁者，愈大謬矣。”（《柳宗元集》卷十六）按這篇文章前面引韓愈論天，用果蓏、癰痔、草木來比，認為蟲蛀果蓏、癰痔傷害人的血氣、蠍子蛀樹木，好比人的墾原田、伐山林、鑿井，所以人是破壞元氣陰陽的，天應該處罰人。柳宗元指出天、元氣、陰陽是無知的，不會賞罰人的。人的功或禍都是人自己造成的，不是天的賞罰。這裏"功者自功，禍者自禍"等説法，跟《老子》、《莊子》的論點相似，不正是"參之《莊》、《老》以肆其端"嗎？又《愚溪對》："今汝獨招愚者居焉，久留而不去，雖欲革其名不可得矣。"這樣來説取名愚溪的原因，不正有些"參之《國語》以博其趣"嗎？他的《懲咎賦》："御長轅之無橈兮，行九折之峨峨。卻驚棹以橫江兮，沂凌天之騰波。幸余死之已緩兮，完形軀之既多。"寫得像《離騷》，這不正是"參之《離騷》以致其幽"嗎？他的《段太尉逸事狀》："晞（郭子儀子郭晞為行營節度使）軍士十七人入市取酒，又以刃刺酒翁，壞釀器，酒流溝中。太尉（段秀實，做都虞候）列卒取十七人，皆斷頭注槊上，植市門外。晞一營大噪，盡甲。孝德（邠寧節度使白孝德）震恐，召太尉曰：'將奈何？'太尉曰：'無傷也，請辭於軍。'孝德使數十人從太尉，太尉盡辭去，解佩刀，選老躄者一人持馬，至晞門下。甲者出，太尉笑且入曰：'殺一老卒，何甲也？吾戴吾頭來矣。'甲者愕。"敍事極精練，寫人物極突出，不正是"參之太史公以著其潔"嗎？

柳宗元的散文，目的是要明道，他看到道有的是比較深奧的，有的是一般人不明白的，有的是人們有誤解的等。他要明道，先要端正態度去認識道，這就要去掉輕心、怠氣、昏氣、驕氣，吸取了前人正確地認識道的經驗。對道有了認識，又要採取説明道的方法，針對人們對道認識上的種種妨礙和缺點，糾正了孟子説的詖辭、淫辭、邪辭、遁辭的毛病，採用古人明道的各種方法，有所謂"抑之"、"揚之"、"疏之"、"廉之"、"激而發之"、"固而存之"，使人們都能夠接受我所明的道。再要根據典範著作對不同題材的不同寫法來寫，參照前人有關文學、哲學、史學著作的成功的寫作範例來寫，這樣"旁推交通"，實際上就是融會貫通前人在寫作上的成功經驗來寫作，來取得古文寫作上的成就。

柳宗元這樣融會貫通來從事寫作，所以他的古文確有韓愈所沒有達到的地方。如《封建論》，對分封制和郡縣制的評論，確實做了史的考察，層層深入，作出了不可動搖的結論。蘇軾在《志林》裏説："宗元之論出，而諸子之論廢矣。雖聖人復起，不能易也。"這樣讚美，是完全正確的。再像他的"永州八記"，像他説的"漱滌萬物，牢籠百態"，寫出了永州山水的特色和各種情態，加上情景交融，通過景物來反映他的情思，給山水記開創了一種新的寫法，這也是很突出的。光就這兩點説，跟他吸取前人觀察和寫作的各種經驗，融會貫通來從事寫作是分不開的。

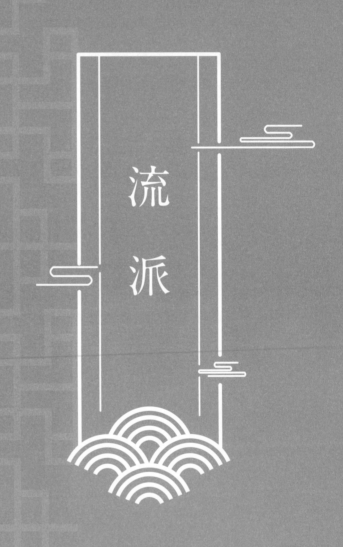

流派

　　"一家風格"指讀古文家的一家專集,如讀韓愈一家,只就他在古文創作上的一家風格作些探索。再進一步,就他的韓門弟子來看,專就古文這方面看,繼承他的古文寫作的有李翱、皇甫湜、孫樵,看看他們三位的古文創作有甚麼成就。這樣就從韓愈一家的古文風格轉到探索韓門弟子的古文風格,成為對一個流派的探索了。

一　韓門弟子

1. 李翱

　　紀昀《四庫全書總目·李文公集提要》稱:"翱為韓愈之姪婿,故其學皆出於愈。集中載《答皇甫湜書》,自稱《高愍女碑》、《楊烈婦傳》不在班固蔡邕下,其自許稍過。然觀《與朱載言書》,

論文甚詳。至《寄從弟正辭書》，謂人號文章為一藝者，乃時世所好之文，其能到古人者，則仁義之詞，惡得以一藝名之。故才與學雖皆遜愈，不能熔鑄百氏皆如己出，而立言具有根柢。大抵溫厚和平，俯仰中度，不似李觀、劉蛻諸人有矜心作意之態。蘇舜欽謂其詞不逮韓，而理過於柳，誠為篤論。鄭獬謂其尚質而少文，則貶甚矣。"

李翱論文，見《答朱載言書》：

天下之語文章，有六說焉：其尚異者，則曰文章辭句奇險而已。其好理者，則曰文章敍意苟通而已。其溺於時者，則曰文章必當對。其病於時者，則曰文章不當對。其愛難者，則曰文章宜深，不當易。其愛易者，則曰文章宜通，不當難。此皆情有所偏，滯而不流，未識文章之所主也……古之人，能極於工而已，不知其詞之對與否，易與難也。《詩》（《邶風·柏舟》）曰："憂心悄悄，慍於羣小"，此非對也。又曰："覯閔既多，受侮不少"，此非不對也。《書》（《舜典》）曰："朕聖讒說殄行，震驚朕師（我憎恨讒佞之說絕君子之行，而驚動我眾）"；《詩》（《大雅·桑柔》）曰："菀彼桑柔，其下侯旬，將採其劉，瘝此下民（茂盛的桑葉柔軟，在它下面得蔭是均勻的，侯旬，惟均。將採桑葉，桑枝稀疏，不能蔭蔽，使在下的人受病）"，此非易也。《書》（《堯典》）曰："允恭克讓，光被四表，格於上下（信恭而能讓，顯及四方之外，至於上下）"；《詩》（《魏風·十畝之間》）曰："十畝之間兮，桑者閑閑（往來自得貌）兮，行與子旋兮（將與你歸去）"，此非難也。學者不知其方，而稱說云云如前所陳者，非吾之敢聞也。

《六經》之後，百家之言，與老聃、列禦寇、莊周、鶡冠、田穰苴、孫武、屈原、宋玉、孟軻、吳起、商鞅、墨翟、鬼谷子、荀況、韓非、李斯、賈誼、枚乘、司馬遷、相如、劉向、揚雄，皆足以自成一家之文，學者之所師歸也。故義雖深，理雖當，詞不工者不成文，宜不能傳也。文理義三者兼併，乃能獨立於一時而不泯滅於後代，能必傳也。……陸機曰"怵他人之我先"，韓退之曰"惟陳言之務去"。假令述笑哂之狀曰"莞爾"，則《論語》言之矣，曰"啞啞"，則《易》言之矣，曰"粲然"，則穀梁子言之矣，曰"攸爾"，則班固言之矣，曰"囅然"，則左思言之矣；吾復言之，與前文何以異也？此創意造言之大歸。然吾所以不協於時而學古文者，悅古人之行也。悅古人之行者，愛古人之道也。故學其言，不可以不行其行；行其行，不可以不重其道；重其道，不可以不循其禮。（《全唐文》卷六三五）

這裏引了李翱的信，想說明三點：一是看李翱文章的風格；二是看李翱的文論是不是從韓愈來的，有甚麼新的見解；三是看他的論點是不是"理過於柳"；主要還是看他文章的風格。蘇洵《上歐陽內翰書》裏說："惟李翱之文，其味黯然而長，其光油然而幽，俯仰揖讓，有執事之態。"說明歐陽修的文章，風格接近李翱。李翱文章的風格，正如紀昀說的："溫厚和平，俯仰中度。"看這篇文論，文從字順，近乎韓愈文章中的平易之作，不同於韓愈文章的奇險之作。再看他自己稱許的《楊烈婦傳》：

建中四年（783），李希烈陷汴州，既又將盜陳州，分其兵數千人，抵項城縣，蓋將掠其玉帛，俘累其男女，以會於陳州。縣令李侃不知所為。其妻楊氏曰："君，縣令也，寇至當守；力不足，死焉，職也。君如逃，則誰守？"侃曰："兵與財皆無，將若何？"楊氏曰："如不守，縣為賊所得矣。倉廩，皆其積也；府庫，皆其財也；百姓，皆其戰士也；國家何有？奪賊之財而食其食，重賞以令死士，其必濟！"於是召胥吏百姓於庭，楊氏言曰："縣令，誠主也。雖然，歲滿則罷去，非若吏人百姓然。吏人百姓，邑人也，墳墓存焉，宜相與致死以守其邑，忍失其身而為賊之人耶！"眾皆泣，許之。乃徇曰："以瓦石中賊者，與之千錢；以刀矢兵刃之物中賊者，與之萬錢。"得數百人，侃率之以乘城。楊氏親為之爨以食之，無長少，必周而均。使侃與賊言曰："項城父老，義不為賊矣，皆悉力守死。得吾城，不足以威，不如亟去。徒失利，無益也。"賊皆笑。有飛箭集於侃之手，侃傷而歸。楊氏責之曰："君不在，則人誰肯固矣！與其死於城上，不猶愈於家！"侃遂忍之，復登陴。

項城，小邑也，無長戟勁弩高城深溝之固，賊氣吞焉，率其徒將超乘而上。有以弱弓射賊者，中其帥，墜馬死。其帥，希烈之婿也，賊失勢，遂相與散走，項城之人無傷焉。（《全唐書》卷六四〇）

這一段敍述，雖不是重大事件，還是比較特殊的。李翱的文章寫得文從字順，是平易的，俯仰中度，不是奇險的，這是顯示李翱文章的風格。

　　再看他的文論（上引《答朱載言書》），他認為：“學古文者，悅古人之行也。悅古人之行者，愛古人之道也。”這就是韓愈《題歐陽生哀辭後》說：“愈之為古文，豈獨取其句讀（逗）不類於今者耶？思古人而不得見，學古道則欲兼通其辭，通其辭者，本志乎古道者也。”（《韓昌黎集》卷二二）李翱論文又認為“愛難”、“愛易”皆“惟有所偏”，這即是韓愈《答劉正夫書》說的：“又問曰：‘文宜易宜難？’必謹對曰：‘無難易，惟其是爾。’”李翱提出“《六經》之後，百家之言”，包括“相如”、“揚雄”，都是“學者之所師也”。這正是韓愈《進學解》裏說的“先生口不絕吟於六藝之文，手不停披於百家之編”，“子雲相如，同工異曲”。李翱又引韓愈的話“惟陳言之務去”。以上這些，都是從韓愈來的。但也有跟韓愈不一致的，如說“述笑哂之狀”，前人用過的“莞爾”、“啞啞”、“粲然”、“攸爾”、“囅然”都不能用，要另外造出一個詞來。這樣說不夠恰當，應該指出，各人的笑哂有各種不同的樣子，要按照各個人特有的樣子來寫，借用前人的詞，就不可能把笑者特有的樣子寫出來。倘笑者笑的樣子正如前人所用的詞，那就不妨借用，不必另造一個。可見李翱的話還不夠圓滿。因此說他“理過於柳”是不確的。柳宗元的理論文，最傑出的如《封建論》，韓愈也比不上，更不要說李翱了。

2. 皇甫湜

　　紀昀《四庫全書總目·皇甫持正集提要》：“其文與李翱同出韓愈，翱得愈之醇，而湜得愈之奇崛。其答李生三書，盛氣攻辯，又甚於愈。然如《編年紀傳論》、《孟子荀子言性論》，亦未嘗不持論平允。"

他《答李生第一書》:

　　來書所謂今之工文或先於奇怪者,顧其文工與否耳。夫
意新則異於常,異於常則怪矣;詞高則出於眾,出於眾則奇
矣。虎豹之文不得不炳於犬羊,鸞鳳之音不得不鏘於烏鵲,
金玉之光不得不炫於瓦石。非有意於先之也,乃自然也。(《全
唐文》卷六八五)

又《答李生第二書》:

　　秦漢以來至今,文學之盛,莫如屈原、宋玉、李斯、司馬
遷、相如、揚雄之徒,其文皆奇,其傳皆遠。……《書》之文
不奇,《易》之文可謂奇矣,豈礙理傷聖乎?如"龍戰於野,
其血玄黃","見豕負塗,載鬼一車","突如其來如,焚如,死
如,棄如",此何等語也?……(《全唐文》卷六八五)

《答李生第三書》:

　　……生以松柏不豔比文章,此不知類也。凡比必於其倫,
松柏可比節操,不可比文章。大人虎變,君子豹變,此文章比
也。(《全唐文》)

　　從皇甫湜答李生書裏,可以看到李生是有不同意見的。像
《第二書》裏講到李生認為"夫謂之奇,則無正矣",湜認為"然
亦無傷於正也"。李生認為"謂之奇,即非常矣",湜認為"無傷
於正而出(離)於常,雖尚之亦可也"。下面他就用"龍戰於野,

其血玄黃”，“見豕負途，載鬼一車”的話來作說明。這其實是不恰當的。怎樣的奇才能無傷於正，出（離）於常亦可？這個奇是指文章的奇，文章是反映生活的，生活中有的事出於常人意想之外而合於事理，因為出於常人意想之外，是奇，是離於常，但又合於事理，是無傷於正，離常亦可。反之，那就不行了。“載鬼一車”，“龍血玄黃”，作為卜卦的卦爻辭是可以的，用來說明文章中反映生活的奇，就傷正失常了，因為它是生活中所沒有的。比方記事，把事情的真相記出來，就合於正和常；求奇而不把事情的真相記下，便要傷正失常了，皇甫湜記韓愈事的文章即頗病於此。

在《第三書》裏，湜稱：“生以松柏不豔比文章”為“不知類”，也不恰當。文章有的樸實無華，像松柏，不是所有的文章都要講文采的。像記事的文章，要求把事實確切記下來，事實怎樣就怎樣記，不能背離事實去追求虎變豹變。湜的記敘文的失敗，於此恐也有關。湜又稱“所言《詩》、《書》之文不奇，舉多言之也，易處多，奇處少爾。《易》文大抵奇也，易處幾希矣”。李生認為《詩》、《書》的文章，平易的多，怪奇的少；湜用《易經》的文章大抵奇來駁他。這也不夠正確。《易經》的卦爻辭是占卜用的，《詩經》、《書經》才是反映生活的，反映生活的文章應該易處多，奇處少，李生的話是對的。寫反映生活的文章，是不能用卦爻那樣的文辭來寫的。

紀昀說湜的論文持論平允，他既求奇，持論又怎麼平允呢？原來在理論上求奇與在記事上求奇不同，在理論上求奇，求自己的理論不同於別人，只要持之有故，言之成理，還是可以的。

如《孟子荀子言性論》，他就是反對孟子言性善，又反對荀子言性惡，卻能言之成理，所以是可以的。他舉出“文王在母不憂，在師不煩”，說明有的人性不是惡的；又引“越椒之生，熊虎之狀，叔魚之生，谿壑之心”，說明有的人性不是善的。“故曰孟子荀卿之言，其於聖人，皆一偏之說也。”（《全唐文》卷六八六）他的求奇，即既反對孟子性善說，又反對荀子性惡說，卻又認為：“即二子之說，原其始而要其終，其於輔教化、尊仁義，亦殊趨而一致，異派而同源也。何以明之？孟子以為惻隱之心，人皆有之，是非之心，人皆有之，性之生善，由水之趨下，物誘於外，情動於中，然後之惡焉，是勸人汰心源，返天理者也。荀子曰：人之生不知尊親，長習於教，然後知焉。人之幼不知禮讓，長習於教，然後知焉，是勸人黜嗜慾求善良者也。一則舉本而推末，一則自葉而尋根，故曰二子之說，殊趨而一致，異派而同源也。”他這樣講性，跟他老師韓愈的《原性》講得不同。韓愈沒有講“即二子之說”，“殊趨而一致，異派而同源”，他的講法不同於他老師之說，這即他的求奇，而言之成理，所以無傷於正，是平允的。

他又作《喻業》，用種種比喻來講各家文章的風格，也是好的。如稱“韓吏部（愈）之文，如長江大注，千里一道，沖飆激浪，汗流不滯；然而施於灌溉，或爽於用。李襄陽（翱）之文，如燕市夜鴻，華亭曉鶴，嘹唳亦足驚聽；然而才力偕鮮，瞥然高遠”（《皇甫持正文集》卷一）。

湜的文章敘事尚奇崛，不能按照事實真相來寫，敘述不明，就不行了。如《韓文公神道碑》：

……方鎮反，……王廷湊屠衣冠，圍牛元翼，人情望之若大蚖虺。先生奉詔入賊，淵然無事所行者。既至，召眾賊帥前，抗聲數責，致天子命，詞辯而銳，悉其機情。賊眾懼伏。賊帥曰：「惟公指。」公乃約之出元翼，歸士大夫之喪，功可意而復。……

湜的文章尚奇崛，敍事不按照事實真相來記敍，使人看不明白。試引李翱《贈禮部尚書韓公行狀》來作對照：

……鎮州亂，殺其帥田弘正，征之不克，遂以王廷湊為節度使，詔公往宣撫。……遂疾驅入，廷湊嚴兵拔刃弦弓矢以逆。及館，甲士羅於庭。公與廷湊監軍使三人就位。既坐，廷湊言曰：「所以紛紛者，乃此士卒所為，本非廷湊心。」公大聲曰：「天子以為尚書有將帥材，故賜以節，實不知公共健兒語未嘗及，大錯。」甲士前奮言曰：「先太史（故鎮帥王武俊）為國打朱滔，滔遂敗走，血衣皆在，此軍何負朝廷，乃以為賊乎？」公告曰：「兒郎等且勿語，聽愈言，愈將為兒郎已不記先太史之功與忠矣，若猶記得，乃大好。且為逆與順，利與病，不能遠引古事，但以天寶來禍福，為兒郎等明之……」又曰：「令公以魏博六州歸朝廷，為節度使，後至中書令，父子受旌節……汝三軍亦害田令公身，又殘其家矣，復何道？」眾乃歡曰：「侍郎語是。」廷湊恐眾心動，遽麾眾散出，因泣謂公曰：「侍郎來，欲令廷湊何所為？」公曰：「神策六軍之將，如牛元翼比者不少，但朝廷顧大體，不可以棄之耳，而尚書久圍之何也？」廷湊曰：「即出之。」公曰：「若真耳，則無事

矣。"(《皇甫持正文集》卷六)

看了皇甫湜的敍事，簡而不明，不知所云，要看李翱的敍述才明白。在敍事上，李翱就這樣勝過皇甫湜。説明皇甫湜求韓愈的奇崛，還沒有學會韓愈的敍事。

3. 孫樵

孫樵《與王霖秀才書》："樵嘗得為文真訣於來無擇，來無擇得之皇甫持正，皇甫持正得之於韓吏部退之。"(《孫樵集》卷二)皇甫湜學韓愈的奇崛，在敍事上沒有學好。孫樵也學皇甫湜的愛奇，但能歸於正，則勝於湜。他在上信中又説：

202

> 鸞鳳之音必傾聽，雷霆之聲必駭心，龍章虎皮是何等物？日月五星是何等象？儲思必深，擒詞必高，道人之所不道，到人之所不到，趨怪走奇，中病歸正。以之明道，則顯而微，以之揚名，則久而傳，前輩作者正如是。譬玉川子（盧仝）《月蝕詩》，楊司城（楊敬之）《華山賦》，韓吏部（愈）《進學解》，馮常侍《清河壁記》，莫不拔地倚天，句句欲活。讀之如赤手捕長蛇，不施控騎生馬，急不得暇，莫可捉搦。

這裏也是講奇，要"道人之所不道，到人之所不到"。但又要"中病歸正"。他看到尚奇的可能會"中病"，要"歸正"，防制奇而失正，這就跟皇甫湜不同了。湜認為奇不會失正，不會"中病"，孫樵卻看到了，要"歸正"。他舉出的韓愈《進學解》，前面在《比較》裏指出《進學解》有"道人之所不道，到人之所不到"，是奇而歸於正的，所以成功。

皇甫湜的講奇，在敍事方面不免失正，再看孫樵怎樣。他在《與高錫望書》裏説：

　　文章如面，史才最難，到司馬子長之地，千載獨聞得揚子雲。唐朝以文索士，二百年間，作者數十輩，獨高韓吏部。吏部修《順宗實錄》，尚不能當孟堅，其能與子長、子雲相上下乎？……古史有直事俚言者，有文飾者，乃特紀前人一時語以為實錄，非謂俚言奇健，能為史筆精魄，故其立言序事，及出沒得失，皆字字典要，何嘗以俚言汨其間哉？……又史家紀職官山川地理禮樂衣服，亦宜直書一時制度，使後人知某時如此，某時如彼，不當以禿屑淺俗，別取前代名品以就簡編。又史家條序人物，宜存警訓，不當徒認官大寵濃，講文張字，故大惡大善，雖賤必紀，尸位浪職，雖貴必黜。……（《孫樵集》卷二）

孫樵對於史文的記載是有研究的，是超過皇甫湜的。他認為韓愈的《順宗實錄》還比不上班固，可見在史文上對韓愈也認為不夠。對史中引用俚言，認為為了實錄，所敍人物，大惡大善必書，也要實錄。像上引皇甫湜敍韓愈的事就違背實錄的要求。

　　按照孫樵文論的主張，再來看看他的文章，如《書何易於》：

　　何易於嘗為益昌令，縣距刺史治所四十里，城嘉陵河南。刺史崔樸嘗乘春，自上游多從賓客歌酒，泛舟東下，直出益昌旁，至則索民輓舟。易於即腰笏引舟上下。刺史驚問狀，易於曰："方春，百姓不耕即蠶，隙不可奪。易於為屬令，當其無事，可以充役。"刺史與賓客跳出舟，偕騎還去。

益昌民多即山樹茶，利私自入。會鹽鐵官奏重榷管（指徵稅），詔下所在不得為百姓匿。易於視詔曰："益昌不徵茶，百姓尚不可活，刻厚其賦以毒民乎！"命吏劃去。吏爭曰："天子詔所在不得為百姓匿。今劃去，罪愈重。吏止死，明府公寧免竄海裔耶！"易於曰："吾寧愛一身以毒一邑民乎！亦不使罪蔓爾曹。"即自縱火焚之。觀察使聞其狀，以易於挺身為民，卒不加劾。

邑民死喪，子弱業破，不能具葬者，易於輒出俸錢，使吏為辦。百姓入常賦，有垂白杖丈者，易於必召坐食，問政得失。庭有競民，易於皆親自與語，為指白枉直，罪小者勸，大者杖，悉立遣之，不以付吏。治益昌三年，獄無繫民，民不知役。……

204

會昌三年（843），樵道出益昌。民有能言易於治狀者，且曰："天子設上下考以勉吏，而易於考止中上，何哉？"樵曰："易於督賦如何？"曰："上請常期，不欲堅繩百姓，使賤出粟帛。""督役如何？"曰："度支費不足，遂出俸錢，冀優貧民。饋給往來權勢如何？"曰："傳符外一無所與。""擒盜如何？"曰："無盜。"樵曰："予居長安，歲聞給事中校考，則曰：'某人能督賦，先期而畢，某人能督役，省度支費。某人當道，能得往來達官為好言。某人能擒若干盜。'縣令能得上下考者如此。"邑民不對，笑去。樵以為當世上位者，皆知求才為切。至如緩急補吏，則曰："吾患無以共治"；膺命舉賢，則曰："吾患無以塞詔。"及其有之，知者何人哉！繼而思之，使何

易於不有得於生，必有得於死者，有史官在。(《全唐文》卷七九五)

這篇記何易於事，記錄了何易於對上官的話，記錄了何易於和屬吏的對話，記錄了孫樵與益昌民的對話。而皇甫湜記韓愈事，只作"抗聲數責"、"詞辯而銳"、"公乃約之"，究竟韓愈說了甚麼話，一句也沒有記，違反史講實錄的要求。這篇記對事實作了具體記載，也勝過皇甫湜的記事不明白。孫樵又稱"史家條敍人物，宜存警訓"，這篇後面講到何易於考評所以不高的話，帶有感歎，歸結到"使何易於不有得於生，必有得於死"，正符合他的"宜存警訓"的要求。後來《新唐書》把何易於寫入《循吏傳》，正如孫樵所說。孫樵還寫了《書襄城驛壁》，也符合宜存警訓的要求，是傳誦的文章。

就學習古文說，從學習傳誦的名篇，到學習一家的集子，到學習一個流派在創作古文上的流變，這就看得比較廣了。再進一步，就接觸到一個時代的散文史的研究，再進一步就到歷代散文史的研究了。這裏本講學習古文，從怎樣學會閱讀古文開始。學會閱讀古文，可以通過閱讀古書來學習古代的各種知識，不一定研究古文的寫作和古文的藝術性，不過古人講到學習古文的，總是跟古文的寫作和探討古文的藝術性結合，即總是從文學角度來講的，所以這裏也就在這方面作些介紹。

二　桐城派

清代的古文，最著名的有桐城派。姚鼐《劉海峰先生八十壽序》稱："曩者鼐在京師，歙程吏部（晉芳）、歷城周編修（永年）語曰：'為文章者有所法而後能，有所變而後大。維盛清治邁逾前古千百，獨士能為古文者未廣。昔有方侍郎（苞），今有劉先生（大櫆），天下文章，其出於桐城乎？'"在乾隆末年，桐城姚鼐以寫古文著名，他學習桐城方苞的古文，又向桐城劉大櫆受業。三人都是桐城人，又都以古文著名，又都對古文寫作提出了一套理論，因此當時的程晉芳、周永年都對姚鼐稱美桐城的文章，後來就稱為桐城派。

1. 方苞

方苞講"義法"，他在《又書貨殖傳後》説："義即《易》之所謂'言有物'也，法即《易》之所謂'言有序'也。義以為經而法緯之，然後為成體之文。"（《望溪文集》卷二）義即要有內容，法即要講形式，兩者像經線和緯線交織成布帛，組成文章。方苞講義法，主張以義為主，法隨義生。他《與孫以寧書》：

> 古之晰於文律者，所載之事，必與其人之規模相稱。太史公傳陸賈，其分奴婢裝資瑣瑣者，皆載焉。若《蕭曹世家》，而條舉其治績，則文字雖增十倍，不可得而備矣。故嘗見義於《留侯世家》曰："留侯所從容與上言天下事甚眾，非天下所以存亡，故不著。"此明示後世綴文之士，以虛實詳略之權度也。（《望溪文集》卷六）。

講義法，具體到寫人物，所記的事一定要跟人物的規模相稱。像《史記》寫《陸賈列傳》，陸賈是辦外交的，他出使到南粵，南粵王送給他許多財物。他怎樣把財物分給他幾個兒子，要兒子輪流供養他，都寫了。因陸賈的事跡不多，從他給兒子分財物、要兒子供養裏，可以看出他的為人，所以可以這樣寫。要是寫蕭何、曹參、張良，他們參預國家大事，要是把他們處理的事都記下來，那就太多，記不勝記，也不像傳記了。

他在《書五代史安重海傳後》説：

《史記・伯夷孟荀屈原傳》議論與敍事相間，蓋四君子之傳，以道德節義，而事跡則無可列者。若據事直書，則不能排纂成篇，其精神心術所運，足以興起乎百世者，轉隱而不著，故於《伯夷傳》歎天道之無知，於《孟荀傳》見仁義之充塞，於《屈原傳》感忠賢之蔽壅，而陰以寓己之悲憤，其他本紀、世家、列傳有事跡可編者，未嘗有是也。（《望溪文集》卷三）

他認為《伯夷》、《孟荀》、《屈原》等傳主要是宣揚他們的道德節義，這是義。根據這個義，對這三篇傳不能光編他們的事跡。光講他們的事跡，他們的道德節義就隱而不顯，所以在這三篇傳裏要發揮議論。這就是法隨義轉，根據義來確定法了。

方苞又認為義法對於古文辭的要求是“雅潔”，這是義。“古文中不可入語錄中語，魏晉六朝人藻麗俳語，漢賦中板重字法，詩歌中雋語，南北史佻巧語”（沈蓮芳《書方望溪先生傳後》），這是法。

方苞按照他對於義法的要求來作古文，他的古文，傳誦的有《左忠毅公逸事》。左忠毅公，左光斗，諡忠毅，桐城人。明熹宗時，官僉都御史。熹宗昏庸，大權落入太監魏忠賢手裏。忠賢勾結死黨，陷害正人。光斗草奏劾忠賢三十二斬罪，忠賢誣陷光斗，逮捕下獄，用酷刑，死在獄裏。這篇逸事是記史傳中所不載的事。按照義法，要突出左光斗的為國愛惜人才以及受到酷刑後還念念不忘國事的精神，這是義，按照這個義來寫是法。在愛惜人才上寫：

先君子（指方苞父）嘗言：鄉先輩左忠毅公視學京畿，一日，風雪嚴寒，從數騎（數人騎馬跟着）出，微行（穿着平民衣服出來）入古寺。廡（廊屋）下一生伏案臥，文方成草。公閱畢，即解貂（貂裘）覆生，為掩戶。叩之寺僧，則史公可法也。及試（一般考試，不是禮部試，因禮部試是彌封的，考生的名字封上，考官看不見的），吏呼名至史公，公瞿然注視。呈卷，即面署第一。召入，使拜夫人，曰："吾諸兒碌碌，他日繼吾志事，惟此生耳。"（《望溪文集》卷九）

接着寫左光斗受酷刑後還念念不忘國事：

及左公下廠獄（由太監掌管的牢獄），史朝夕獄門外。逆閹防伺甚嚴，雖家僕不得近。久之，聞左公炮烙，旦夕且死。持五十金，涕泣謀於禁卒，卒感焉。一日，使史更敝衣，草屨，背筐，手長鑱，為除不潔者，引入。微指左公處，則席地倚牆而坐，面額焦爛不可辨，左膝以下，筋骨盡脫矣。史前跪，抱公膝而嗚咽。公辨其聲，而目不可開，乃奮臂以指撥眥，目光如炬，怒曰："庸奴！此何地也，而汝來前！國家之事糜爛至此，老夫已矣，汝復輕身而昧大義，天下事誰可支柱者！不速去。無俟奸人構陷，吾今即撲殺汝！"因摸地上刑械作投擊勢。史噤不敢發聲，趨而出。後常流涕述其事以語人，曰："吾師肺肝，皆鐵石所鑄造也。"

這段描寫，既突出了魏忠賢陷害左光斗的殘酷，更突出了左光斗考慮國事，為國保護人才的精神，寫得極為生動感人，是符合他的義法說的；在文辭上，也符合他講究雅潔的要求。雅潔屬於文辭的風格，方苞提倡雅潔。姚鼐把各種風格概括為陽剛陰柔兩大類。方苞這篇《左忠毅公逸事》，照方苞的說法，文辭是雅潔的；照姚鼐的說法，屬於陽剛之美，即風格是剛健的。

2. 劉大櫆

劉大櫆是桐城人，他到北京，把他寫的文章送給方苞，請他指教。方苞非常推重，極力讚揚，因此著名。後來姚鼐向他學習。方苞講義法，也因清朝提倡程朱理學，他提出義法的義，即要求文章的思想性合於程朱所提倡的理學，適應清朝提倡程朱理學的要求。劉大櫆講古文，不重在道理，重在古文的藝術性。他在《論文偶記》裏說："故義理、書、卷、經濟者，行文之實；若行文自另是一事。"他把義理看作作文的材料，他重在講作古文的藝術性，已見上"古文的藝術性"節。劉大櫆講風格，與方苞講"雅潔"不同。他在《論文偶記》裏說："文章品藻最貴者，曰雅曰逸。歐陽子逸而未雄，昌黎雄處多，逸處少。太史公雄過昌黎，而逸處更多於雄處，所以為至。"

劉大櫆的古文也有按他的理論寫的，如《馬湘靈詩集序》：

憶昔與湘靈同在京師，一日，日已晡，湘靈過余旅舍，余出酒餚共酌。時余兄奉之亦在坐。湘靈被酒，意氣勃然，因遍刺當時達官無所避。余驚怖其言。湘靈慷慨曰：“子以我為俗子乎？”余謝不敏。湘靈命酒，連舉十餘觴，大醉歡呼，髮上指冠，已復悲歌出涕。余見湘靈言之哀，亦泣涕縱橫不自禁。湘靈乃謂余兄曰：“彼乃同心者。”因出其平生歌詩示余。余讀之，風翻雲湧，而喉間氣鬱不得舒。於是相對黯然，罷酒別去。

忽忽二十年，則聞湘靈已老病，不復能遠遊，或扁舟自放於九龍、三泖之間。間則歸里，與縉紳之去位而里居者連為吟社，尋山釣水而已。嗟乎！以湘靈之才與其志，使其居於廟朝（宗廟朝廷），正言謇諤（正直），豈與夫世之此倡而彼應者同乎哉！奈何窘蹶浮沉，抱不能一施，遂為山澤之癯以老也。

（《海峰文集》）

劉大櫆稱讚司馬遷的文章，“逸處更多於雄處”。司馬遷在《報任少卿書》裏稱：“詩三百篇，皆賢聖發憤之所為作也。此人皆意有所鬱結，不得通其道，故述往事，思來者。”司馬遷的文章，如《史記》中所寫的列傳，其中就有寫出“此人皆意有所鬱結”，把人家的鬱結的胸懷寫出，這種鬱結引起司馬遷的同感，寫得悲憤激昂，這就形成雄健的風格；在“述往事”中極為生動形象，就有可能構成俊逸的風格。劉大櫆這篇也是這樣，他在第一段寫“余棄於時，而湘靈亦屢試不舉，為同遇”。當時的士子，只有應科舉考試，考中進士後才有官做，要是屢次考不取，就不免困頓。湘靈是有才能的，卻困於科舉，所以“意有所鬱結”，大櫆也有同感，所以文章寫出湘靈的悲憤鬱結，寫出湘靈的神態風貌，如寫"湘靈被酒，意氣勃然，因遍刺當時達官無所避。余驚怖其言"。余也是意有所鬱結，對湘靈的憤激是深有同感的，但聽了湘靈"遍刺當時達官無所避"，感到驚怖，這一句寫出湘靈的言論是極為大膽鋒利的。類似這樣寫出湘靈為人的特色，當即所謂逸。湘靈慷慨曰："子以我為俗子乎？"這一筆，也是所謂逸，顯示湘靈看重大欐，看到大欐的驚怖，所以說了這句寬解大欐的話，是不是把他當作俗子的胡言亂語，一句話中有這樣的含意。這篇裏寫湘靈的悲憤，如"意氣勃然"、"大醉歡呼"、"悲歌出涕"，余"亦涕泣縱橫不自禁"，類似這部分寫出鬱結悲憤的神情的，都屬風格的雄處。就姚鼐的講法，這篇有陽剛之美，屬於剛健的風格。

3. 姚鼐

方苞講義法，重在理；劉大欐講作文之能事重在才能；姚鼐生在考證學極盛時期，提倡學力，把才能和學力結合起來談。他《與陳石士書》說："學文之法無他，多讀多為，以待其一日之成就，非可以人力速之也。士苟非有天啟，必不能盡其神妙；然人輟其力，則天亦何自而啟之哉！"（《惜抱軒尺牘》卷五）天啟指天才說，實即寫作的才能，力指學力，主張通過學力來取得寫作的才能，認為寫作的才能要靠學力來培養，不靠學力，才能也培養不出來，這是就才與學結合說。他在《與張阮林》裏又談到才與法的關係：

文章之事能運其法者才也，而極其才者法也。古人文有一定之法，有無定之法。有定者，所以為嚴整也；無定者，所以為縱橫變化也。二者相濟而不相妨，故善用法者，非以窘吾才，乃所以達吾才也。非思之深功之至者，不能見古人縱橫變化中所以為嚴整之理。思深功至而見之矣，而操筆而使吾手與吾所見之相副，尚非一日事也。（《惜抱軒尺牘》卷三）

方苞講義法，以義為主，是法隨義轉的。劉大櫆講神氣，以神為主，是氣隨神轉的。姚鼐在這裏講才和法，才就是劉大櫆講的文章的能事，從劉來；法就是義法的法，從方來。寫作以文章能事為主，即以才為主，法隨才轉。法有一定之法與無定之法，究竟用定法或無定法，究竟照一般寫法，還是縱橫變化，由才來決定，即法隨才轉。法為才服務，所以說法是"所以達吾才也"。才要靠學，所以要"思之深功之至"，方能夠縱橫變化，來顯示他的才。這是才與學、才與法的關係，說明姚鼐講的，是方與劉的結合。

方苞講義，劉大櫆講氣，姚鼐又把兩者結合，講意與氣。意即義，氣即劉講氣隨神轉的氣。他《答翁學士書》說：

夫道有是非，而技有美惡。詩文皆技也，技之精者必近道，故詩文美者命意必善。文字者，猶人之言語也，有氣以充之，則觀其文也，雖百世而後如立其人而與言於此；無氣則積字焉而已。意與氣相御而為辭，然後有聲音節奏高下抗墜之度，反覆進退之態，采色之華。故聲色之美因乎意與氣而時變者也，是安得有定法哉！（《惜抱軒文集》卷六）

這裏他提出意與氣，意指文章的思想，即方苞所說的義，也即理。氣指語言的生氣，也即指文章的聲音節奏高下抗墜之度，這是劉大櫆提出來的。這樣講意與氣合，也是方、劉兩家學說的結合。意與氣跟學和才也是結合的，學跟意有關，命意的是否正確是同學識有關的。氣指文章的聲音節奏，聲音節奏的高下抗墜跟作者所表達情意有關，這是屬於才分的事。這樣，姚鼐講的才與學合，才與法合，意與氣合，是方苞與劉大櫆兩家理論的結合。方苞講風格，只注意文辭的雅潔。劉大櫆講風格提出文貴奇、貴高、貴大、貴遠、貴簡、貴疏等，又推重雄與逸（見《論文偶記》）。姚鼐作了高度概括，歸納為陽剛、陰柔（見《覆魯絜非書》）。姚鼐的古文，是貫徹他的文論之作。

再看姚鼐的古文，比較傳誦的《登泰山記》：

泰山之陽，汶水西流，其陰，濟水東流。陽谷皆入汶，陰谷皆入濟。當其南北分者，古長城也。最高日觀峰，在長城南十五里。

余以乾隆三十九年（1774）十二月，自京師乘風雪，歷齊河、長清，穿泰山西北谷，越長城之限，至於泰安。是月丁未（二十八日），與知府朱孝純子穎由南麓登。四十五里，道皆砌石為磴，其級七千有餘。泰山正南面有三谷，中谷繞泰安城下，酈道元所謂環水也。余始循以入，道少半，越中嶺，復循西谷，遂至其巔。古時登山，循東谷入，道有天門。東谷者古謂之天門溪水，余所不至也。今所經中嶺及山巔崖限當道者，世皆謂之天門云。道中迷霧冰滑，磴幾不可登。及既上，蒼山負雪，明燭天南，望晚日照城郭，汶水、徂徠如畫，而半山居霧若帶然。

　　戊申晦（二十九日底）五鼓，與子潁坐日觀亭待日出。大風揚積雪擊面，亭東自足下皆雲漫。稍見雲中白若樗蒱（賭具，當指骰子）數十立者，山也。極天雲一線異色，須臾成五彩。日上，正赤如丹，下有紅光，動搖承之。或曰：此東海也。回視日觀以西峰，或得日，或否，絳白青駁色，而皆若僂。

　　亭西有岱祠，又有碧霞元君祠。皇帝行宮在碧霞元君祠東。是日觀道中石刻，自唐顯慶（唐高宗年號，656-661）以來，其遠古刻盡漫失。僻不當道者，皆不及往。

　　山多石，少土，石蒼黑色，多平方，少圓。少雜樹，多松，生石罅，皆平頂。冰雪，無瀑水，無鳥獸音跡。至日觀，數里內無樹，而雪與人膝齊。（《惜抱軒文集》卷十四）

　　這裏把這篇全文引入，因為要用來說明姚鼐這篇古文是貫徹他的文論的，所以這樣做。倘只引其中最精彩的段落，不能說明他的文論主張。他的文論提出學與才合、才與法合、意與氣合。先看學與才合。寫登泰山，只寫上山所見景物，也可以寫得生動形象，但顯不出學問來。他這篇記，先記泰山南面有汶水，山北有濟水，泰山南面山谷中的水都流入汶水，北面山谷中的水都流入濟水，在南北的分界處有古長城。再講泰山正南面有三谷，中谷即酈道元《水經注》裏所說的環水。東谷古謂之天門溪水。這些，一般登泰山的人所不注意的，不知道的，他都寫出了，這就需要學問。像引酈道元講的，那就要有《水經注》中的有關知識。當時考證學風極盛，他提出才與學合，正受考證學風的影響，所以他又提出義理、考據、詞章三者合一的説法。那麼怎麼學與才合呢？他在《述庵文抄序》裏説："鼐嘗論學問之事，有三端焉，曰義理也，考證也，文章也。是三者苟善用之，則皆足以相濟，苟不善用之，則或至於相害。"怎樣不善用之呢？"為考證之過者，至繁碎繳繞而語不可了。當以為文之至美而反以為病者，何哉？其故由於自喜之太過，而智昧於所當擇也。"（《惜抱軒文集》卷四）即在文中把考證的知識都寫上，像把《水經注》中的原文都引入，再加考證那就變成了考證，不像遊記文了。本篇把有關知識寫進文中，沒有繁瑣考證，文辭還是雅潔的，這就是才，因此本篇可以作為他主張才與學合的例證。

215

寫遊記，寫明日期、地點、經過的道路、遊歷的所見所聞的感受，這是一般的寫法，所謂定法。本篇也是這樣寫的，這是有定法。可是本篇裏先寫泰山的南面北面有甚麼水，泰山的陽谷陰谷的水往哪裏流，又引《水經注》的環水，又寫他所沒有經過的古所謂天門溪水，這就超出於一般寫法，屬於無定法了。結合定法與無定法來寫，寫得學與才合，這就是才，所以這篇又可以作為才與法合的例證。寫登泰山，重點放在觀日出，其次寫泰山上的其他景物，再其次寫泰山上較有特色的東西，這就是所謂意。本篇正是這樣，重點寫觀泰山日出，寫得非常精彩，成為這篇最動人、最形象生動的部分，寫出了日出前後各種色彩的變化；再寫風、寫雪、寫雲，再重點寫日，寫西面的山峰，把日出前後的背景都寫出了。再用比喻，如"白若摴蒱"、"如丹"，這是最用力寫的。其次寫登山後所見景物，如"蒼山負雪，明燭天南"、"汶水、徂徠如畫，而半山居霧若帶然"，這裏用了兩個明喻，即"如畫"、"若帶",兩個隱喻,"負雪"即如負,"明燭"即如燭照。
一連用了四個比喻,這即是博喻。再其次寫泰山上較有特色的東
西,如末段所寫的,仿照《山海經》的寫法又有不同。寫登泰山,
一定要突出泰山上最美好的景物,使讀者如身入其境,這是意。
所寫的文辭又有"聲音節奏高下抗墜之度"、"采色之華",這是
氣,所以本篇又是意與氣合的例證。

　　寫登泰山的,後漢有馬第伯《封禪儀記》,寫登山之險,如:
"仰視天門,窔遼(幽深高遠)如從穴中視天。直上七里,賴其羊
腸逶迤,名曰環道,往往有絙索,可得而登也。兩從者扶挾,前
人相牽,後人見前人履底,前人見後人頂,如畫重累人矣,所謂
磨胸捏石捫天之難也。"寫得驚心動魄,這屬於陽剛之美。姚鼐
的《登泰山記》,沒有這種驚險的描繪。難登處,只作"道中迷霧
冰滑,磴幾不可登","而雪與人膝齊",寫得平易。總的看來,
姚鼐的文章具有陰柔之美。方、劉、姚三家同屬桐城派,方重義,
劉重才,姚是義與才並重,三家各有所重,這是三家的差別吧。